仏教精神に学ぶ

み仏の慈悲の光に生かされて

中津攸子
Nakatsu Yuko

コールサック社

仏教精神に学ぶ

み仏の慈悲の光に生かされて

目次

二章　自然と人生 ――自然法爾《じねんほうに》

三章　**幸せに生きる**　――常楽我浄《じょうらくがじょう》

仏教精神に学ぶ

み仏の慈悲の光に生かされて

中津攸子

はじめに　――発想の転換

　昭和二十年三月十日の東京大空襲で新小岩から水道橋まで焼けただれた中に炭と化したおびただしい死体や防空壕の中の肌色を残している死体を見続けながら、細い一本の道を私は歩いていました。私の歩く道と並行して車道があるらしく何台ものトラックが止まっていて炭と化した人々を銛《もり》で荷台に投げ上げ、山のように積むと、次々とどこへともなく運び去っていきました。

　空はどこまでも青く、人と物が焼けた強烈な悪臭が漂っていて、誰一人口を利かず、葬送の列のような、夢の続きのような風景の中を一列になって歩き続けました。やがて水道橋駅に着き、新宿で乗り換えて超満員列車に立ちつくし八ヶ岳山麓へ疎開しました。

　四月から書類がなくても転入できるという事で家から三キロほど離れていた

日野春小学校に、行きは富士に真向かい、帰りは八ヶ岳を遠望しながら通学しました。八月十五日の敗戦を境に大人たちは豹変し、国の宝だった兵隊さんの名誉の死は実は無駄死であり、天皇は神でなく人であるなどとおもちゃ箱をひっくり返したような価値観の急変を小学生の私に押し付けました。

そのため私は、大人は信じられない。これからは、自分の目で見、手で触れ、自分の全心身で納得したもの以外は、どんなに高名な大学者の言でも信じないと強く決めていました。

終戦後は多くの人がその日の食に窮する生活を強いられ、戦死の通知が来て葬儀も終わり墓まで建ててある兵隊さんが帰って来たり、帝銀事件や下山事件などの奇怪な事件が連続したりしました。こうして貧困と混乱だけの戦後五年が過ぎた春、母やきょうだいのいる山梨を出て都立高校へ行かせてくれると言う父の許へ進学したい気持ちと口減らしになり母が少しでも楽になる、との思いで上京しました。と、何と父は愛人と住み、十歳下の妹がいました。そこで

辛い生活が始まりました。父達は食卓を囲んで食事をし私一人は別にお盆で食べていました。時に、

「これまだ食べられる」

とおばさんは饐《す》えたご飯を私に食べさせ、父たち三人は私が早起きして炊いた湯気の立つご飯を食べていました。一事が万事で、おばさんがいると知っていて、そこへ何の予備知識も与えずに私を送り出したに違いない母の愛を私は疑いました。

『長崎の鐘』には「こよなく晴れた青空を悲しと思う」とありますが、私はもっと激しく、夜食の片づけをしながら美しく照る月を見て、

――こんなに汚い世の中でいかにもきれいそうに輝くあの月の嘘を暴いてやりたい――

と思うほど心がカサカサで涙も出ませんでした。

上野の山には戦災で家と両親を亡くした浮浪児が沢山いましたので、ある日、

私は浮浪児の群れに入ろうと決心して家を出ました。が、上野にもどこにも昨日まで沢山いた浮浪児の影さえありません。（後にこの日、国が浮浪児を一人残らず保護し収容したことを知りました）

浮浪児の仲間に入れなかった私はその日は家に帰り、すぐに東北へ行こう、途中で倒れて死んでもどんな生活が待っていても、今の偽りの生活を続けるよりましと思い、山梨で知った疎開仲間で信頼できると思っていた一人の友に一目会ってさりげなく別れを告げ、これまでの私の人生に終止符を打とうと決め、中学三年生の途中で上京し文京区の根津神社近くに住んでいた友の家を訪ねました。彼女の母は私の異常さに気付き、私の目を見て、

「こんなにひどい世の中では強くならなきゃ生きられない。あなたは弱すぎる。負けては駄目、逃げても駄目」

と言ってくれました。その言葉が私の心に沁みました。そして思ったのです。そういえば世の中に、真理とか真実とか聖人とか偉人などの言葉がある。言葉

がある以上、真実などと言えるものがあり、聖人とか偉人と呼ばれるにふさわしい人が居るのかもしれない。尋ねてみよう。とことん尋ねて真理や真実は空言であり、偉人や聖人などいないと本当にわかったら、この世をあざ笑って死のう。それまで死ぬのはお預け。もし真理や真実があり、偉人、聖人と言える人が実在しているのにそれを知らずに死んでは勿体ない、といった欲を絡ませた、でも死を覚悟しての探求が始まりました。

まず私は通学用の定期で降りられる秋葉原から歩いて銀座の教会へ通い出しました。教会では讃美歌を歌う時、必ず柄の付いた小笊のようなものが一人一人の前に突き出され寄付が強要されました。小遣いの全くない私は会釈するだけなのですがそれが辛くて一年近く頑張ってから教会を変えました。すると今度は賛美歌を歌いながら順に歩いて牧師さんの前に置かれた賽銭箱にちゃりんちゃりんと寄付をします。が、私の時にはちゃりんという音がしません。顔から火が出るほど恥ずかしくても教会に通い続けたのは人の愛に絶望した私が神

の愛を心から求めていたからでした。しかし縁がなかったのか、ある日牧師さんが、

「晴れ着を着たお母さんは泥まみれの子を抱かないでしょう。そのように神は悔い改めなければその人を抱くことはないのです」

と話したのを聞いて、私は教会へ行くことをぴたりと止めました。着物の汚れを省みず、泥にまみれた子を抱きしめる絶対の愛を、無条件の愛を私は求めていたのです。

それからの私は学校や公共の図書館でギリシャ哲学から実存哲学までの哲学書や人生論に類する本や孔子、孟子といった中国の思想家の本などを手当たり次第に読み漁り、何故生きているのか、どう生きれば良いのかを尋ね続けました。そしてついに般若心経《はんにゃしんぎょう》に巡り合い、仏教の哲理の深さに驚嘆しました。

そして生とは何か、死とは何かが朧にわかったような気がしたのです。しかし、どう生きたら良いかが分かりません。

そこで私は漢字だけの白文を読めるようにして辞書を引き引き市川小学校の一教室を借りていた市立市川図書館にあった維摩経《ゆいまきょう》、浄土三部経、正法眼蔵《しょうぼうげんぞう》随聞記《ずいもんき》などの経典を片端から読んで行きました。他に三木清《みききよし》やキェルケゴール、ハイデッカーからサルトルの実存哲学まで手当たり次第に読み続けました。中でも「歎異抄《たんにしょう》」を読んで塵《ちり》ほどの偽りもない心の凝視に打たれ、親鸞聖人の一言一言に魂を揺すられ、深い安らぎに包まれてからというもの、「歎異抄」を手放さず、どこへ行くにも車中では必ず「歎異抄」を拝読していました。

その頃、柳宗悦《やなぎむねよし》が日本民藝館で毎週月曜日に休日を返上し、学生に仏教哲学と言うに近いお話をしてくださっていると知って女性は常に私一人でしたが休むことなく通いました。さらに日本堂や在家仏教で曽我量深《りょうじん》や金子大栄《だいえい》、山田無文《むもん》他各宗派の高僧の方々や、学士会館での中村元《はじめ》の夜間の講話を聞きに行きました。

そうこうしているうちに自然に諸先生を尊敬する素直な思いが芽生え出しま

した。そしてついに発想の転換が起こりました。

生きているのでなく、生かされている。愛されることを求めるのでなく愛して生きる。自分さえ思うに任せないのだから人や世の中が思い通りにならないで当たり前。などなど……。

仏教に触れたことで生きることが楽になり、否定していたこの世が光に満ちていると思うようになりました。

この変化はたった二行の偈に会って起こりました。その頃は瞬時を惜しんで日々、手当たり次第にいろいろな仏典を読んでいたのですが、ある日、

「煩悩障眼雖不見
大悲無倦常照我」

——煩悩《ぼんのう》に眼さえぎられ見ずといえども、大悲《だいひ》ものうきことなく常に我を照らしたもう——

の二行に触れ、涙がとめどなく流れたのです。その時不思議な体験ですが、

溢れる光の只中に座っている私に気付いたのです。二行の偈は深い哲理に根差し、絶対無条件の絶対救済を説く無限に優しい親鸞聖人の、
──気付きさえすればあなたは既に救われているのです──
と呼びかける正信偈《しょうしんげ》の一節で、私はこの偈を読んだ瞬間、身も心も救われたのです。

月かげの至らぬ里はなけれども
眺むる人の心にぞすむ

の法然上人の歌の通りで、月の光はどこにでも、どんな人にでも常に平等に降り注いでいる。気付きさえすれば……。
と同じでした。この時、人は生きているのでなく生かされていると実感したというに近く、この二行の偈に触れたことでコペルニクス的な発想の転換が起

こり、私は生きることがとても楽になったのです。

例えば遅れて電車に乗ると何度も時計を見ては、ああもう十分しかないなどとそわそわしていた私が、遅れて乗ったのだから遅れて着くのは当然と車中で本が読めるといった変化が起こったのです。同じ生活なのにストレスが極端になくなり、この世を否定していた私が、あるがままでこの世は素晴らしいと思い、積極的に生きられるようになり、笑いを取り戻し、人の弱さに微笑み、人を信じ、こうした方が良いと確かに思えれば誰に向かっても言うことが出来るようになったのです。

月や花といった自然の美しささえ偽りではないかと思っていた私が日の光りが溢れ、人々が挨拶を交わし、野に草花が咲き鳥が歌うこの世の美しさに頷くことが出来、どんな不幸なことがあろうとも大丈夫、その場でプラス思考して生きて行ける。と、この世に恐れるものが無くなったのです。

父を奪い、憎いと思っていたおばさんが、損な立場を引き受けて私を絶対救済の教えに導いてくれる縁を作ってくれたありがたい人と思えたほどの変化が起こったのです。

そしてどれだけ生きられるか分からないけれど、より美しく、より正しく、よりバランスよく、一人でも多くの人が幸せになれますようにとの願いを持って微力とはいえ全力を尽くそうと努められるようになったのです。

この幸せを私一人のものにしていては勿体《もったい》ない、一人でも多くの人が欲望に振り回されることなく、無駄な不安におびえることなく、明るい毎日を創造し誠実に生きていってほしい、と人さまに願いをかけるゆとりが持てるようになりました。

とはいえ仏教に触れてから三十年余りは、私のような未熟者が、仏教は素晴らしいと言ったら、人はかえって仏教は大したことないと思うのではないかと思い、口にしませんでした。

しかし、五十三歳の時に大病をし、死線をさ迷い、その回復の途上から考えが変わりました。死んでしまっては仏教の素晴らしさを誰にも伝えず自分だけ楽に人生を生きて終ることになる。それは間違っている。人である以上報恩すべきだと思ったのです。親鸞聖人の和讃《わさん》に、

如来大悲の恩徳は
身を粉にしても報ずべし
師主知識《ししゅちしき》の恩徳も
骨をくだきても謝すべし

とあります。親鸞聖人の教えに触れられた人は身を粉にし、骨を砕いても命ある限り世のため人のために尽くすのは当然なのですが、私は一隅を照らすどころか、私の生きることで人を傷つけませんように、との最低の願いを持って大切な時間を使っていました。が、退院してからは、例えばＮＨＫの古典講座

の中で時に脱線して仏教についての私の見解を話すようになりました。

するとある日、金田田鶴子さんから若者向けに仏教の入門書を書いてほしいと言われ、私は驚きをもってその言葉を聞きました。そして勝手に、仏さまは口がきけないから金田さんを通して私に仏教の入門書を書けと言われたのに違いないと大それたことを思い、どう書いたら良いかを考え始めました。

そこで全くの素人の私がおこがましいのですが、仏教をどう受け取ったかの一端を、わかりやすい天体のありようを借りて書かせていただこうと思い決め実行しました。二十年も前のことです。

思えば二行の偈に救われて間もないある日、二歳の誕生日前に逝ったと聞かされた母の顔も声も知らず、写真一枚残されて無かったその寂しさを凝視し、永平寺で座禅したり、一燈園で下座の生活を体験したりしてついに、親鸞聖人の教えに導かれ、その道に生涯をささげようと決心した中津と知り合い、ずっと共に過ごしてまいりましたが、令和二年の夏、コロナ禍で見舞う事も出来なかった私に、手術する程悪くはなかった心臓の病の定期検診に行ったまま入院した中津が、退院して看病の負担をかけまいとしたかのように僅か一か月余りの入院で還浄してしまいました。

何でもない日常生活の中でいくらでも言える機会があるのに、私は優しい言葉、心のこもった言葉を言わないでうかうかと暮らしていたことに中津に逝かれてはじめて気づきました。

コロナ禍の中でお見舞いも許されない状態でしたが、一度だけ十分余り話す機会を頂けました。が、私は中津は二週間で退院と聞いていたため死んでしまうとはつゆ思わず、何気ない話をして過ごし、わがままを通したお詫びも、好きなことをさせていただいて幸せだったことも、ただの一度も口にしたことなく突然逝かれてしまいました。

若い日に作者を知らずに西洋の詩の一部、

愛しうる限り愛せよ
やがて墓場に佇み
嘆き悲しむ時が来る
時が来る

を覚えましたが、やさしい言葉をかけようと意識することなく、ある日突然、「危篤です」の電話をもらい逝かれてしまいました。

会っている時に、やさしい言葉、慈しみに溢れた言葉、病や疲れなどをいたわる言葉、小さなことでも感謝する言葉など、言葉は無数にありますのに、そして知っていますのに、大切な人に言わないでいて逝かれてしまってからではもう伝えようがありません。

仏教では智慧と慈悲を何より大切にしています。物事の道理を正しく判断し適切に処理する能力が智慧で、ほっと心が温まるように働きかけ、苦しみやストレスを取り除くように接することが慈悲ですが、取り立てて立派ではなくても、日常の中で親愛の心を言葉に出して何でもない時にさりげなく言うことがとても大切な事だったと、私はしみじみ、自分の愚かさを噛みしめ、そして永別の寂しさに耐えながら以前書いた原稿に加筆し修正して『戦跡巡礼』の出版以来ご縁をいただいているコールサック社の鈴木比佐雄氏や座馬寛彦氏のお力添えでこの度出版する運びとなりました。

ご縁があってこの書をお読みくださいますあなたの毎日が健やかでありますよう心から念じて止みません。

令和三年三月

宮久保にて　　中津攸子

一章　すべてのものは移り変わる

——諸《しょ》行《ぎょう》無《む》常《じょう》

すべてのものは移り変わる

人が心の底から、

——生涯愛し続ける。絶対に——

と思い、また誓っても、そしてその時はその言葉に一片の偽りもない真実の思いであっても、悲しいことに人の思いが変わらないという保証はありません。

母の愛は海よりも深く限りなくやさしく確かなものといわれていますが、この世のものには必ず例外があって子を愛す心を持てずにいる不幸な母もまれにいます。もちろん、母に愛されない子も不幸です。

また、母にはありあまるほどの子への愛があるのに、

「なーに、この成績。だからゲームやスマホばかりしてはいけないって言ったでしょう」

などと小言に終始しているために、子を思う母の愛が、子に伝わらず、子は逆に母を憎んでいることさえあります。母が人間らしい土の匂いというか自然のままの素朴なぬくもりを忘れた時、母の言葉は母のエゴの押しつけであって、あたたかな愛情のかけらもないと子には写るのです。母も子も真実の愛を心のうちで求めながら掌中にできず、ともに哀れです。

ですから母の愛は海よりも深いという概念は残念ですがすべての母子には当てはまりません。

また、人の思いが長い年月がたったり、遠く離れたり、状況が変わったりした時に、寸分も違わないなどということはありません。

人の思いに絶対というものはないのです。

この世の中に変わることのない確かなものがあるとしたらそれはただひとつ、

『すべてのものは移り変わる』

ということだけです。

春になると芽生え、花が咲き、夏は青々と緑の葉が茂り、秋は紅葉し、冬は枯れ木となるのも移り変わりです。

葉を落とさない松などの常緑樹も、わずかですが葉を落としたり花を咲かせたりして次第に大木となり、長い長い年月を生きてやがて枯れて行きます。常に青々としているように見えても移り変わっています。

人も同じです。赤ちゃんが幼児となり、小学生、中学生、高校生、大学生となり、社会に出、結婚し、老い、死を迎えるということも移り変わりです。世の中が進歩するのも人が新しい知識を持ったり工夫したりするのも移り変わりです。

この世の中に移り変わらないものはなにもありません。例外なく、すべてのものは移り変わります。

体が硬くなり動きを止めた時、すなわち移り変わらなくなった時が死です。しかしその亡骸さえいつかは朽ち果てます。

形あるものはすべて移り変わります。この事実を「無常《むじょう》」といいます。常がない、必ず変わる、です。

ある時、友人に
「すべてのものは移り変わる。このことだけは真実よね」

と話しますと、

「そんなことないでしょう。人の命や花の命はたしかに短いけれど、大きな岩とか、山とか地球とか変わらないでしょう」

との答えが返ってきました。その時、私は国歌、君が代の話をしたのです。

「日本の国歌は、

『君が代は千代に八千代にさざれ石の巌となりて、苔のむすまで』

という歌でしょう」

と話しはじめ、その意味は、

――小さな小さな石が大きな巌《いわ》となって苔《こけ》が生えるまで私の大切なあなた、千年も八千年もずっと長生きしてね——

という、とても愛に満ちためでたい歌で、古今和歌集《こきんわかしゅう》や和漢朗詠集《わかんろうえいしゅう》に出ていること、君は男女の別なく大切なあなたという意味であること、なぜなら古典の中では天皇は大君とか帝《みかど》とか天皇（すめろぎ）といって君ではなく、男女共に恋人など大切な人を君と呼んでいるたくさんの例があることを話しました。

例えば敦道《あつみち》親王が和泉《いずみ》式部に贈った歌、

見るや君小夜うち更けて山の端に
くまなく澄める秋の夜の月

情熱の人、狭野娘子《さぬのおとめ》が、自分と恋をしたために流されて行く中臣宅守《なかとみのやかもり》に贈った愛の絶叫といえる歌、

君が行く道のながてを繰り畳《たた》ね
焼きほろぼさん天の火もがも

——あなたが行く細く長い道をたぐり寄せ、折りたたんで焼き滅ぼしてしまう天の火がほしい——

などでわかるように男でも女でも大切な人を君と呼んでいることなど話してからこう言いました。

「さざれ石って日本のあちこちにたくさんある石だけど君が代の歌に詠まれた通りさざれ石が集まって固まり、やがて岩となり、苔が生えるのも移り変わりなら、大きな岩が長い間には崩れ落ちてしまうのも移り変わりでしょう。

私たちが目にしている形のあるものは人の願いや思いに関わりなく全部移り変わるのよ」と。

人の寿命、地球の寿命

寿命も無常《むじょう》の事実の現れです。

普通、生物は成長するまでの五倍は生きられるのだそうです。

ですから蜻蛉《かげろう》のように生まれてすぐ死んでしまう生き物は成長が早いのです。

人は成人するまでほぼ二十五年かかりますから、その五倍生きられるということは事故に遭ったり病気になったりしない限り百二十五歳までは生きられるということになります。

しかし人は、食べ過ぎたり、必要なものを食べなかったり、運動し過ぎたり、運動しなかったり、寝不足したりイライラしたり等々正しい生活をしないために命を縮め、なかなか百二十五歳までは生きられません。

環境汚染も人の命を縮めています。

環境ホルモンに至っては人の生殖機能を衰えさせ、人類滅亡の危機感さえ感じさせます。

が、人が百二十五歳まで生きられるにせよ生きられないにせよ、生まれた以上誰でも必ず死ぬ無常の命を持っています。

人と同じで、地球にも寿命があり、寿命が尽きると人間なら心臓が止まってしまうに似て地球は、公転も自転もやめ死に至ります。

私たちの命の源になっている太陽でさえ今のままの光を保ち続ければ、五百億年の寿命だそうです。

ということは五百億年の後にはこの宇宙空間から太陽が完全に消えてしまっているということです。もし太陽が今よりもっと光を増し、原子力の消費量が増えれば、百億年の寿命だそうですが……。

百億年といわれても五百億年といわれてもその長さを私は想像できませんが太陽の死の時に仮に地球が存在していても地球上の生物（多分、地球の死の前に人類はすでに滅亡し尽くしているかもしれませんが）はすべて死にます。しかし地球の寿命の方が太陽の寿命より短いのでこんなことの起こりようはずがありません。

とにかく太陽や地球にも寿命があり、移り変わるという無常の事実の中に存在していることだけは確かです。

花が咲いたら必ず散るように人が生まれたら必ず死ぬように、太陽や地球もいつかは消えてなくなると思うだけで何とも厳粛な気持ちにさせられませんか。すべてのものは例外なく必ず移り変わる、無常こそこの世の中にあるたった一つの絶対の真実なのです。

無《む》常《じょう》を生きる

地球上の人間が川を汚し樹木を切り、わが物顔に自然を破壊し、自然の摂理に反した行ないをし続けているため地球の寿命は縮められるかもしれません。もしそうだとしたら人間は人間こそ偉いと勝手に思いこんでいますが地球にとっては害虫に当たると言えるのではないでしょうか。ふと、そんなことを考えてしまいます。これからの人間の生き方は地球の害虫的存在になるのでなく地球と共に生きてほしいものです。

それはとにかく地球を含む天体さえ永遠ではないのですから、ましてや限りないやさしさを持っているかと思うと、冷ややかな残忍さもどこかに合わせ持っているそんな矛盾的存在である人間の作り出したものが、永遠であるはずはありません。

この世の中のものは移り変わる、無常こそ真実と知るや中には、

「それはそうよね。何だって移り変わるわ。だから結局死ぬんだしどう生きたって同じじゃあないの」

と捨てばちになる人がいるかもしれません。

でもちょっと待って下さい。

どう生きたって結局死ぬのは確かなんですけれど、やけっぱちに生きている人に
『生まれてきてよかった』

『生きるってすばらしい』

と思える満足感があるでしょうか。ただむなしいだけではないでしょうか。

「いいのよ。そんなご立派なこと思わなくたって。どうせ人生むなしいんだから」

というのは花が、

「どうせ枯れるんだから咲いてもしょうがない」

と言うのと同じです。花が咲くのをやめてしまったらこの世から美しい花がなくなってしまいます。

はかない命だけれど見る人がいてもいなくても日向でも日陰の岩間のようなところでもその花なりに精一杯咲いています。そしてその姿に私たちは美しさを感じるのです。

そのように日向でなくてはいやだとか、風が当たり過ぎるとか文句を言わず、与えられた場所で精一杯咲くから美しく、それを見る私たちは限りなく慰められるのです。花が、

「どうせ枯れるんだから美しく咲かなくたっていいはず」

というのは、

「どうせおなかが空くんだから、食べても無駄」

と言うのと同じ発想ですが、しかし食べないでいれば死んでしまいます。

「どうせ汚れるんだから掃除してもつまらない」
といっていっては部屋の中も、町の中もゴミだらけで動きが取れなくなってしまいます。

どうせ死ぬし、どうせおなかはすくし、どうせ汚れてしまうのですけれど、でも、働いて食べて身の回りをきちんとして……という生き方が人間らしい自然な生き方です。

これが無常を生きる生き方です。

――馬鹿馬鹿しいから私はやめた――

というのなら、それはそれで個人の勝手です。個人が死を選び、自暴自棄の生活を選んだのですからこの世に、恨みを言ったり文句を言ったりできるはずがありません。自分がたった一度しかない人生を放り出したのですから。

とにかく嫌だとかいいとか言ったところで人は無常を生きるしかないのですから、すべてが移り変わるその変化に身をゆだねるところを起点とするしかありません。
ということは昨日の学力と今日の学力が同じでは、無常を生きていることになりません。移り変わらなければよどんで腐り出した水や、死んで動かなくなった亡骸《なきがら》と同じです。

生きているということは日々新たに例えば学力がつく、新しい発見をするといった変化のあるのが当然です。自分の周りも変化して行きますから、その変化にさわやかに対処できるのでなくては無常を生きていることにはなりません。

家の誰かが病気になったら看病するなど周りの変化に応じて自分も変わるのが無常を生きるということです。

ところで蓮の葉の上にいらっしゃる仏像は力むことなく、バランス良く、素直にたたずんでいられます。

蓮の葉の上の仏様のお姿は、
——力《りき》まず、バランスをとって、素直に生きるのですよ。息を吐いて心も体も柔らかくして――

と教えてくださっているのです。

さらに水草はいくらもありますが、蓮の葉を選んでいるのは、蓮が泥の中から生まれて美しい花を咲かせるからです。

――この世の中がどうあろうともあなたは美しく生きるのですよ――

と教えるため毎日をつつましく素直に正しく生きる、それが無常を生きる生き方だと教えるための蓮なのです。

気にいらぬ風もあろうに柳かな

という川柳がありますが、嵐であろうと、なまぬるい気持ちの悪い風であろうと、どんな風であっても逆らわず吹き寄せる風になびく。だから柳の枝は台風でも折れないのです。

世の流れが自分に都合の悪いものとなっても、それをまず受け入れて善処する。

台風が南から吹き寄せれば北になびき、東から吹き寄せれば西になびく。この北へ西へと自らの動きを決めるのが人のやるべきことで、台風が南から吹き寄せるなんてとんでもない、私は東になびきたいのだから東にしかなびかないなどと注文をつけて不平を言い、力んでいては枝が折れてしまいます。

ですから台風はそのまま受け入れて西になびくか北になびくか台風の向きによって素直に自らの動きを決める。

それが蓮の葉の上に立って力むところなく生きる自由自在なありようと同じ身の処し方です。

このように身を処していれば、先述の世の中のことが何もかも馬鹿馬鹿しいから生きるのやめたというようなやけな発想は生まれません。

あるがままの世の中をまず受け入れてそこで、どう行動したら世の中が更に良くなるか、人と共に楽しく過ごせるか……と考えるのです。

言葉を換えれば、自分を中心にせず、自然のありのままを中心に生きること

が、安らかな生涯を送る唯一の生き方ということです。

無常という、たった一つの真実に添った生き方です。

星の数に入らない地球

地球の衛星は月です。人は月にその足跡を残し、

『すごいな。人間って』

と宇宙の王者になったような錯覚を持ちもしました。

でも……アームストロング船長がアポロ十一号に乗り三十一万キロ離れた月へ行くのに一〇二時間（四日と六時間）かかりました。

地球の隣りの火星へ行くのに、今の人間の持っている科学の力では二百五十日かかるそうです。

ということはまだ隣りの星へ行けないのが人間だということです。そのうちに行けたとしても大したことありません。

誰でも知ってることですが、光は一秒間に地球を七回り半します。その長さ

は三十七万キロメートル。

地球から月まで光が届くのに一秒。太陽までは八分かかります。太陽までの距離は月までの三百九十倍で一億五千万キロメートルということですから、想像を超えた距離です。

地球の所属する太陽系は太陽から近い順に水星、金星、地球、火星、木星、土星、天王星、海王星ですが、この太陽系の星は夜空に南北に見える銀河のすみっこの方に存在する小さな小さな星のグループのひとつでしかありません。

太陽系の所属する銀河は、約千億個の星からなっているのですが、ただ千億個という星の数の中に地球のような惑星は入っていません。見えないからです。見えない惑星は千億個あるといわれています。ですから星がいくつあるという時の星とは原則として自ら光を出している太陽のような恒星のことです。

このように星の数にも入らない地球の所属している銀河の直径は十万光年だというのですからすごい。

八分で光がとどく太陽までの距離は一億五千万キロでした。それが十万年もの長きにわたって光が飛び続けるだけの距離が銀河の直径だというのです。

さらに驚くのは宇宙にはこの銀河のような星の集団が幾百億もあるというのです。

こんな単純な星の数だけを考えても人間が月に足跡を残し、火星に近付きパロマ天文台の反射望遠鏡で二十億光年かなたの宇宙の姿をとらえたとしても大海で一滴をすくうにも価《あたい》しないのです。

今の人間は文明が発達したと思い上がっていますけれど、星の数を思うだけでも人間のなせる技の小ささがわかるのです。しかし、

「宇宙の大きさは天文学的数字を並べ立てても、なお足りないくらいなのだから、人間と比べ物にならずもちろん人間は大したことはない、と知ることが出来るのは人間のすばらしさだ」

と見る人もいます。確かにそうです。

人間の小ささ、至らなさがわかるから、己を知っているからすばらしいのです。

しかし、その人間の行いまで素晴らしいでしょうか。人をうらやみ、ものを欲しがり人にほめられることを望み、時にはわがまま勝手に自暴自棄に生き、病いを恐れ、老いを恐れ、死を恐れ、名誉や財をほしがり……。要するに、欲望と怒り、むさぼりの固まりのような存在でなかなか人間は素晴らしいと一言で言い切れない生き方をしています。

個人の問題だけではありません。

二〇一一年三月十一日の東日本大震災（マグニチュード8・8）により発生した十五メートルに及ぶ津波に襲われた世界有数の原子炉を持つ福島原発のすべての電源が使用不能となりました。すべての電源が失われるなど予想だにしていないことでした。

原発は内部に膨大な放射能とエネルギーを蓄積していますから事故が起これ

ば大惨事になります。しかし日本では何重もの防備システムに守られている原発の過酷事故は決して起きないと国と原子力関係者は信じきり、言い続けていました。この安全神話は津波で脆くも崩れ去ったのです。

原発は建設費、維持費、廃棄後の処置費など莫大な費用が掛かり、経済性は全くない上に原発の修理や点検の労働者の被爆は避けられず人命を軽視し、原発の関連施設の跡地は放射能に汚染され活用できません。

このように原発は人とも社会とも地球とも共存できない存在であることが福島原発の事故でもはっきりしました。

そのため世界の多くの国が原発から手を引いて太陽熱や風力他の自然エネルギーの活用を工夫しています。

しかし日本では総エネルギーの三十パーセントを原発に頼っています。なぜならチェルノブイリや福島原発の悲惨さを知ってはいても何度も同じ事故は起きないと楽観視し、原子炉の設置地域では保障費の多さ故に原発の設置を受け入れているのです。

事故から十年目の今年三月十日に東電ＨＤ社長が福島の方への賠償と、廃炉費用そして電力安定供給のために原発利用は必要と発表しました。立場上から自然エネルギーへの転換など口に出来ないのでしょうか。それにしても原発事故の悲惨さを知りながらどうして原発が必要と言えるのでしょうか。

東日本大震災の津波で神社だけが残った村がいくつもあり、縄文遺跡や貝塚の大部分は津波の被害を受けなかったことから、自然と共に生き自然を尊んで暮らしていた太古の生活がいかに災害に強いか分かる気がします。それに比し原発依存に代表される現在のあり方には考えるべきことが多々あります。

政府は十年経ってやっと復興の基本方針を発表し、避難民の家賃援助や避難解除地区への帰還促進などを挙げましたが、まだ二万二千人余りもいる帰還困難区域の人々に対しての避難解除の目安は立っていません。

またトリチウムを含んだ水を薄めれば海に流して安全と学者が言っても、寒流と暖流の交差する豊かな漁場を持つ福島の漁民は安全神話に耳を傾けず、原発汚染水は海に流させないと反対しています。今でさえ福島の魚の輸入を禁じている国があるのですから汚染水の海への放棄に反対するのは当然です。

私たち一人一人はエネルギーの無駄使いを控え、地域分散型の自然エネルギー資源の活用を熱望し、環境問題にも配慮して行くことが必要ですが、とにかく原発は廃棄すべきです。

その路線上で安心して暮らしてゆけるよう知恵と技術を結集し、はじめて福島の大地と海を浄化できるのだと思います。

福島原発のトリチウムの汚染水については水で薄めて海洋放出をすると令和三年四月十三日に政府は発表しましたが漁民は反対しています。東京ドーム十一個分を超える（二〇二一年一月現在）汚染土などの最終処分地も決まっていません。また地球温暖化で海面は上昇していますから更に高い津波が発生する可能性があり、ゆっくり構えていていいわけはありません。

それに政府の出した復興方針にはいつまでに行うとの時期の明記がありません。このような無責任なあり方の背景には人の思いや生命の尊重より便利さや経済を優先させ、てっとり早い利益を追求する人の姿があります。

このように人間は素晴らしいとの思い上がりをこのあたりで謙虚に思い直し、人間が特別な存在でなく生物の一種類でしかないことを思わなくてはならないのです。

が、それはとにかくみ空に輝くすべての恒星は太陽も含めて核融合のおりに放出されるエネルギーで輝いています。

そのエネルギーの量は人間の遠く及ぶところではありません。ここでも人間は慢心していていいような生き物ではないと思い知らされます。

人が生物としての分を越えて生きることは精神病の人が、

「私は大王だ。皆のもの、頭が高い」

などとわめき、小さな蟻が象にむかって〝私はあなたより力が強い〟と言っている図に似ています。

そして今の人が目に見えないものを否定する傾向があるのですが、自分が確かに生きているこの地球が、他の星からは見ることが出来ず、存在していないということの事実をどう考え、受け止めるのでしょうか。

「あなたの心を両手に乗せて見せろ。見せられないのならあなたには心がない」

との暴言と同じです。

このようなささいなことからも今の合理主義、拝金主義が、根本から違っていると思うのは私ばかりではないはずです。

死に際に光を増す星

人が死ぬ寸前に意識がはっきりして
「いろいろお世話になりました」

とか、

「ありがとう」

とか、

「また生まれ変わったらあなたのおかあさんでいたいと思うわ。幸せにね。

死んでもあなたをずっと見守っていますから」

などとやさしい別れの言葉を言った話など聞いたことはありませんか。

死んでしまった人が本当に見守れるものかどうかわかりませんが、でもそう
言い残された子は嬉しいにつけ、悲しいにつけ母を身近に感じ、母の面影に語

りかけることで、豊かな人生を送ることが出来ます。

「死んでしまった人が見守ってるかどうかわかるはずないでしょう」

などという冷たい理屈などなんの力もありません。なぜなら事実としてその子は母の愛を信じ母を感じて生きられるのですから。

死の直前に意識がはっきりするこのありようは人ばかりに見られるのではありません。ろうそくもそうです。

炎が動いて、いかにも幽玄な雰囲気をかもし出すあの美しいろうそくは、火が消える寸前に炎を伸ばし明るくなるのを見たことがありますか。

まるでこの世との最後の時を惜しむかのように光を増すのです。

星も同じです。何十億年、何百億年と生きた星がその生涯を終わる最後に、突如として太陽の数百億倍もの光を出す、この死に際に特別光る星を超新星と呼びますが、そのありようは、ただただ驚異そのものだそうです。

規模はまったく違いますがろうそくの炎の消え際と似ていないでしょうか。

平成九年の年の初めから十一月七日までに青木さんという方が百二十一個の超新星を見つけたそうです（『宇宙と星』畑中武夫著・岩波書店刊より）

青木さんがどこに住んでいたのか知りませんが、わずか十一か月の間に、青木さんの住むその場所だけで、ほぼ三日に一個ずつの星の死が見られたというのです。

言葉を換えれば今こうしている瞬間瞬間にも宇宙の中では無数の星が死んでいるということです。

最近、巷でよく聞くビッグバンとは本来は宇宙ができる時に起こった大爆発による宇宙膨張説のことです。星が生まれる時には、宇宙空間を遊泳しているガスやチリが集まって密度が高くなると自然に回転を始め、もともと星と星との間には星間物質と呼ばれる物質があってその物質を媒介に一万分の一センチほどの小さな無数の固体が固まるその塊を原始星と呼ぶそうです。

このようにして宇宙のどこかで星は絶えず生まれているというのです。

ですから刻々に地球のどこかでたくさんの人が生まれまた死んで行くように、宇宙のどこかで刻々に新しい星が生まれ何十億年、何百億年と生きたたくさんの星が死んでいるのです。

方丈記《ほうじょうき》の冒頭に、

「ゆく河の流れは絶えずしてしかももとの水にあらず。よどみに浮ぶうたかたは、かつ消え、かつ結びて、久しくとどまりたる例《ためし》なし。世の中にある、人とすみかとまたかくのごとし」

とありますが、まさにその通りで川はいつでも同じ水が流れているように見えますが、しかし決して同じ水が流れているのでなく、眼前を流れる水は常に変わっているのです。

流れに浮かんでいる泡もよく見ると、生まれている泡があればそのかたわらで消えていく泡もあって泡が浮かんでいるという現象は同じでも見えているのは同じ泡ではありません。

人の世も同じで、いつでも人が住んでいるように見えはしても、昔いた人は今はすでに亡く、家も建て替えられたり無人となって朽ち果てたりしてこの世にひとつとして永続するものはありません。この無常の事実を方丈記を書いた鴨長明《かものちょうめい》は美しく詠嘆しています。

平家物語も御存知のように

「祇園精舎《ぎおんしょうじゃ》の鐘の声、諸行無常《しょぎょうむじょう》の響きあり」

から始まっていて、み寺の鐘の音はこの世のすべてのものは移り変わって行く。無常である。この無常の事実に目覚めよ、といっているような気がすると真っ先に無常観を出しています。

諸行無常・すべてのものは移り変わるとの思いは、この世のありのままを見れば誰もがうなずく事実です。

人生ははかないのです。

うかうかしていると、自分の大切な一回きりの人生がたちまちにして終わってしまいます。

『光陰矢のごとし』

です。十年、二十年の歳月はまたたく間に過ぎて人生の終わりの時は遠慮なくどの人にも近付いてきます。

想像を絶する宇宙の広大さと比べたら人の一生の長さなどとるに足りません。とはいえ一人一人にとっては、かけがえのない大切な人生です。

その人生をただうかうかと生きてしまってはもったいない。死ぬことを忘れていても死は必ずすべての人に訪れるのですから、理屈を言ったりすねたりしている暇はないのです。

――もっともらしく真理何て言わないでよ。まじめぶって気持ち悪いわ――

などと言ってる暇はないのです。それに、

――なぜ私は生まれて来たの。別に生まれてきたかったわけでもないのに。勝手に生んどいてどうして私は死ななくてはならないの――

などと自分中心のわがままな注文を人生につけている暇はないです。実際、
——人はどこから生まれ、どこへ死んで行くのか——
など、いくら考えてもわかるはずもありません。なぜ生まれてきたかでなく、生まれてきているという事実があるのです。

自分中心にものを考えることを止め、あるが儘《まま》の事実にうなずかなくてはならないのです。

先に書いたなぜ台風は南から来るの。私は西から来てもらいたいのに、といった自分の勝手な思いは、台風が南から来ているという事実の前では何の力もないということです。

とにかくあなたも私も今、生きているのです。しかし、花の命や虫の命が短いように人も短くはかない命を持っているという事実に頷くことから本当に生きることが始まるのです。

人だけが特別すぐれていたり、人だけが際立って素晴らしかったり、反対に

はかなかったりするわけではなく、人をも含めたすべての形あるものの命は同じようにはかないのです。

繰り返しますが人だけは自分の命のはかなさを知っている、だから人は万物の中でもっともすぐれている。と多くの人は思っています。でも人が知っていることは地球の近くのことをほんの少しちょろちょろと知っているだけで宇宙そのもののすべてを知っているわけではありません。

それに死が近付くと象や猫などは己の姿を隠すといわれています。誰からも教えられないのに死の近付いていることを知っているようなのです。もしかすると死の自覚が人間だけだといい切れないかも知れないではありませんか。

人は自らの意志で生まれたのでもなく自らの意志で死ぬのでもありません。「ともかくもあなた任せの年の暮」と詠んだ小林一茶ではありませんが、生も死も任せるほかなく自ら決められないのです。ということは人は生きているのでなく生かされているということです。

川端康成も江藤淳も自ら死を選んだといいます。しかし、もっと大きい目で見れば死ぬべくして死んだのであって、自殺すら自然死の一つの形であると私は思うのです。

このように星々が生まれ死ぬ、草花が生まれ死ぬ、その同じ生命をいただいて人も生かされ死んでいくのです。

法《のり》ということ

この世に存在する形あるものはすべて消えて行きます。

この宇宙の無常のありようそのものを法《のり》と呼びます。

法とは、大自然そのものの運行のことです。生まれたり滅したりを繰り返している事実ありのままのありようすべてをトータルし、ひっくるめた表現です。ですから法とはすべての人間をも含めてこの世の中に存在するすべてのものは移り変わるという絶対の真理、宇宙の姿そのもののことです。

大自然そのものである法のことを別の言葉で『ほとけ』と呼びます。ですから仏を念じるとは大宇宙のありようを思うことであり、絶対の真理を心に呼び覚ますことです。

宇宙の究極の真理である働きと自分が寸分違わずに重なることです。

『生まれたものは必ず死ぬ』

という無常の真理を、大宇宙のありようそのものを「法」と呼び、「仏」と呼びます。そしてその絶対の真理に気付いた偉大な人であるゴータマ・シッダッタ通称釈迦も同じように「仏」と呼びます。そしてその釈迦の説いた深く尊く、限りなく優しい教えを「仏教」といいます。

百二十五歳を越えられない人間

ところで人の死には天災、事故、病気、老衰、戦さなどいろいろな死に方があります。

惜しまれて死んだり、恨まれて殺されたり人違いで殺されたり、手厚く看護されて死んだり、野たれ死んだり、どんな形で死のうとも死は死です。

高齢とか若いとか、王とか乞食とかいう立場の違いがあろうとも死は死です。

そして遅かれ早かれ死は誰にでも必ず来ます。りっぱな人だから、お金があるから、地位があるから、名誉があるからなど、この世の事々は死と何のかかわりもありません。死という事実はすべての人に平等です。

ただその人が健康に気を配っているか、イライラしないように心安らかに正しく生きているかなど、日常のありようがその死を早めたり遅くしたりすることはありますが。

それにお金があれば医療の限りを尽くし、しばらくは命をながらえることもできましょう。できたところで生物の限界である百二十五年を越えることはありません。

仮にお金がなくても健やかな心を持ち、体を動かし、粗食であっても必要な物をよく調理し、よく噛んで頂き、事故に遭わないようできるだけ気をつけ、また運よく事故に合わないでいられることで自分の命の限界まで永らえることができます。

この意味で死という事実から見るかぎり、早い遅いの違いはあっても大自然のつかさどる死は実生活に関わりなく平等です。

この世の中の形あるものはすべて必ずその形を失う時が来るように、一人の例外なく必ず死はすべての人にやって来ます。一瞬後にせよ何年後にせよ必ず死が来る以上、私たちは命ある間をどう生きていったらいいのでしょうか。

生とは

生きるとは本当の自分を生きることです。

お金のために生きたり、名誉や賞賛や快楽のために生きたりするのは、自分の生涯をお金や名誉や賞賛や快楽に売り渡し、大切な自己自身を否定することですから、本当の自分を生きたことにはなりません。

もちろん生きて行くにはお金も大切です。

とはいえ、お金は生きる術として必要なのであって、必要以上のお金を銀行に山と積んだところで自分一人で使えるわけでなし、あるかないかわからないあの世まで持っていけるわけでなし、その意味ではお金を手に入れることだけに一生を費やすのはもったいない。世のため人のためにやりたいことがあってお金を稼ぐのならまだいいのですが……。

ブランド品を持ちたい、おしゃれをしたいなどの欲望に振り回されるのも、もったいない。

それにあまり物を持ち過ぎると自分で管理出来なくなり、どこに何がしまってあるかわからず、結局ないのと同じというより、家の中がゴタゴタするだけマイナスです。

おしゃれ心はとても大切ですが、要は清潔にして自らの健康を保つによく、同時に人に不快な感じを与えなければいいわけです。度を超したおしゃれは必要ありません。この意味で見かけも大切ですが、中身も同じように大切なのですから中身をみがくことを忘れたお洒落など猫に小判の類で無意味です。

もちろん多くの人は、

「お金があるのとないのとはまるで違う。もしもの時にお金があれば安心していられるのだから」

と言います。本当にそうでしょうか。

いくらお金があっても健康でなければものがおいしく食べられません。必要以上のお金が山とあっても遺産相続で兄弟喧嘩が始まったり、取られまい取られまいと守りの姿勢に入ってのびのびと暮らせません。

ちょっと考えただけでも良いことばかりとは言えません。

お金がなければ努力したかもしれない子が、お金があるから月謝が高かろうが遠かろうがどこへでも行けるとばかり、学力をつけようとしないこともあります。

ですからお金のあることが良く、ないことが悪いなどと簡単に決められないのがこの世の味わい深さです。

何事もほどほどがいいので、お金さえあればと金儲けだけに人生をかけるのは自分を生きているとは言えません。お金が欲しいという欲に振り回されているだけです。

それに、もしものときにお金が役に立つと言いますが、人間はいつ何かあるかわからないので今がいつももしもの時です。

今を生き切っていないから、あるかないか本当にはわからない後の時間に備えることばかりに生きて、少しも今しかない人生で今を本当に生きようとしないのです。

また、賞賛のために生きるのはほめられさえすれば良いとする生き方です。極端に言えば、泥棒ばかり集まった中でほめられるとしたら怖いものがあります。

心底尊敬できる人にほめられるならいいのですが、人を見る目が養われていないと、どんな人であれほめてくれさえすればいいということになり、無責任な世評などに振り回されてしまいます。

もちろん世評にも耳を傾け自らの反省材料とすべきですが、振り回される必要はありません。

基本的には人は自ら考えて正しいことを正しいとし、悪いことは悪いとしな

ければいけないのですが、泥棒ばかり集まっているところで、

「あの銀行からうまく金をせしめるには……」

など話してる時に、

「盗みはやめよう」

といったら袋だたきにあうでしょう。でも自ら考えて正しいと思うことを行うなら、盗みはやめようといえる勇気がなくてはなりません。

盗みほどに悪いことではなくても面倒なこと、いやなこと、たとえ良いことでも人に認めてもらえないことなどを人はやりたがらないものです。

良いと知っていて行えないとしたら、本当に自分の内なる声を聞いて生きているとは言えません。

今ここで自分でものを考えず、賞賛だけ欲しい幼稚なエゴイストの例を挙げるとしたら記憶に新しいオウムの人々を挙げることができます。無差別な大量殺人をするために研究室にこもった人々は頭のいい人です。学校時代は勉強も

でき、良い子でほめられることになれていた人です。

でも社会に出て勉強だけが基盤でなくなった時、人間関係とか、営業とかのしがらみの中で、

「何やってるんだ、しっかりしろよ」

などと人前で言われようものなら、ほめられることだけになれ、けなされることになれていなかったのですから、ほんの些細な忠告も大変な批判と思われて極端にしおれてしまうのです。

幼児期を自然の中でのびのびと過ごし、大自然に自分の身も心も投げ入れて大自然の美しさ、厳しさの中に立ちつくした、そんな敬虔な感情を持ったことがないのです。

ですから、抵抗力も判断力も心も育っていず、口先だけで、頭の良さだけで生きてきたため常に心はうつろで自分の足で大地が踏みしめられず、ふらふらしている状態です。そんな人が、

――あんたは優秀だ。あんたの良さを認めないようなところにいてはもったいない――

などとの甘言に誘われてついオウムに入り、あの殺人集団の中でも良い子になって、殺人のための毒薬をせっせと工夫し作り出す。

もちろん狂ってない限り人には良心がありますから時には、

――こんなこと、すべきでない――

と心の奥底で思うことはあるのでしょうが、自分自身を初めから生きてないのですからそんな内なる声には耳をふさいでしまって、集団の中でほめられ、認められるようにだけ生きていたのです。良心を悪魔に売ったというか自分自身がないのです。

ちょっとほめられれば舞い上がり、ちょっとけなされればしおれてしまう。人間の小ささというかほんとうの自分を知っていれば人様の言葉で舞い上がったりしおれたりしないのですが、ほめられるためだけに自分の人生を売って判断力など捨て去り、正しく生きようとつゆ思わないのですからやることがなってないのです。

別な言い方をすれば、やさしさがないのです。この世の中良かれ、人々安かれと願う優しい心があれば、自分さえほめられればいいなどと考えられないはずです。

人にほめられるどころか時にはたとえ痛烈な批判を受けようとも本当に世のため人のためになると思うことは言いもし、行いもする強さは、やさしさ故に持てるのです。

ですからオウムに入った人々は、甘ったれであるといい切れるのです。自分が確立していないのです。確立していれば自分が正しいと思うことだけを勇気を持って行っていけるはずだからです。

それにしても、自分自身を生きるとはどういうことでしょうか。自分自身を生きるためには自己の発見がなければなりません。

その必要を説いて、

『汝自身《なんじじしん》を知《し》れ』

『我《われ》を自覚《じかく》せよ』

とか、

『天上天下唯我独尊《てんじょうてんがゆいがどくそん》』

とかの箴言《しんげん》がありますが、要するに自我《じが》を確立せよ自ら立てということです。

確かにこの大宇宙の中に我ありです。

四月八日の花祭りにお釈迦様に甘茶をかけたことはありませんか。あのお姿は天上天下唯我独尊を表しています。お釈迦さまが、

「あなた自身を発見しあなた自身を生きなさい。一度しかないあなたの人生を大切にして」

と呼びかけているのです。

頼れるのは自分だけ、仏とは絶対の真理なのですから仏を思って自らを正し

くすることはできても仏は頼るものではないのです。

仏を頼らず、人に甘えないとなれば自らしっかりし、自ら立つしかないのです。

悲しみも苦しみも痛みも喜びもすべて自分で引き受けて、

「誰もわかってくれない」

と泣き言を言ったり、

「本当はそんなつもりではなかった」

と弁解したり、

「誰かが何とかしてくれそうなものだ」

と甘えたところでどうにもならないのが世の中です。

誰も頼らず、自分だけを頼りとしていれば、人様に不平を言うこともありません。

何かあっても、どんな立場に立たされても自ら心を静め、知性を働かし、より正しく、より優しく行動するしかないのです。

――甘えるな。どんなに大変でもしっかり生きよ。人生に耐えよ――

との大自然の声を聞いて生きるといえばいいのでしょうか。み仏の声を自らの内に聞くといえばいいのでしょうか。

ところでこの大宇宙の中に確かに我あり、我生きてありと思う我とは何でしょうか。

私たちの太陽の寿命は百億年ですが、星の中には一千億年を生きるものもあるということです。それに一万個もの星の大集団が遠くにあるために地上からたった一つの星にしか見えないこともあるというのですから、宇宙の広大さは想像できません。星の寿命を考えただけでも小さな小さな自分にしがみついた考えは捨てて当然と思えてきます。

ところが最近の人の中には、

「私が納得し、私が認めるものだけが正しい」

とか、

「私は神も仏も認めない。なぜなら存在するという何の証拠もないのだから」

などという人がいます。

でも、人が認めるとか認めないとかは大したことではありません。

すでに書きましたように、世の絶対の真理である人も花もそして星々さえも形あるものは必ず消えてなくなり、花は咲き、そして散りまた美しく咲くように、生々流転《せいせいるてん》するという無常の事実、無常そのものが仏なのですから、人が認めようと認めまいと仏は存在しているのです。

もっとわかりやすい例を引くなら、自分が確かに住んでいる地球を思い出せばいいのです。

地球は自ら光を出している恒星ではないのですから他の星からは見えません。地球のような惑星は、見えないのです。

見えないのだから地球は存在していない、とはいえません。今、確かに私たちは地球上に生きているのですから。

目に見えなければ信じないといったところで体の中に入り込む細菌やウイルスが見えるわけではありません。しかし確かに病気になることがあります。

細菌は自己を複製する能力を持った単細胞の微生物で、大きさは一ミリメートルの千分の一ですから肉眼では見えず、光学顕微鏡が必要です。

細菌にはブドウ球菌、大腸菌、結核菌など感染すれば病になるもの、納豆菌のように生活に役立つものなど種々あります。

また現在爆発的な流行で全世界に多くの死者を出している新型コロナウイルスは、令和二年（二〇二〇）一月三日に中国湖北省武漢市で重症の肺炎の集積が報告されたことから広く知られました。

令和三年三月十日現在、世界中で一億一千七百三十六万九千四百七十五人がコロナに感染したと報告されています。

日本では武漢に滞在した神奈川県の人が令和二年一月十四日にはじめてコロ

ナ患者と認定されました。

そして令和三年三月十一日現在、日本国内のコロナ感染者は四十四万三千百八十二人、死者は八千四百十九人です。

このように世界に蔓延し、人々の生活に多大な影響を与え続けているコロナウイルスの大きさは一ミリメートルの百万分の一、すなわち細菌の千分の一の大きさですから電子顕微鏡でなければ見られません。

人は存在している細菌やウイルスに限っても見ることが出来ないのですからもっと謙虚でなくてはならないのです。

ちょうど人間の目が外だけ見るようにできているので自分自身が見えず、肝心な自分がわからないように、身のまわりに存在しているものの一部しか見えていないのです。

人は自分を宇宙という大パノラマの中に置いて客観的に見ようとしないと本当の自分が分からず大きく間違ってしまいます。

とはいえたしかに今、あなたも私も生きています。

今、生きている、瞬間後のことはわからないけれど今、生きている。その今がすばらしいのです。そして自然の摂理《せつり》の中でたった今生き、生かされているのが我なのです。

心を静めて素直に内なる確かな自分の声を聞いて正しくやさしく今できることを心を込めて行う、自分の内なる本当の声を聞くことが難しかったら、心の中に仏を念じることで心を素直にし、真摯に生きて行く、それが本当の自分を生きることだと私は思います。

二章　自然と人生

——自然法爾《じねんほうに》

星の大きさ

人間が計ることのできた最大の星の大きさを知っていますか。

毛利家の三つ星で知られるオリオン座の肩の部分にベテルギウスと呼ばれる星があります。

その星の直径は、太陽の千倍もあるそうです。太陽の千倍というのがどの位の大きさかといいますと、太陽の周りを回る地球の軌道がベテルギウスの中にすっぽり入ってしまうどころか、太陽から八億キロメートルも離れている木星の軌道さえ入ってしまう大きさだというのです。

そんな大きな星が天空に数限りなく浮いているのです。

こんな大宇宙のありようの中で小さ過ぎる人間がすべての中心だと言い切れるでしょうか。

人は星々と同じように、いいえ、花や蝶と同じようにこの世にわずかな間存在する一生物に過ぎません。もっと謙虚になり、自然の摂理にしたがって短い人生を心豊かに暮らすのでなければ、人が寿命を全うせず病死したりするように、地球も寿命をまっとうできないかもしれません。そしてその原因を作っているのが人間だとしたら、人間は万物の霊長どころか、前に書きましたように地球にとって、その寿命を縮める害虫でしかありません。

人も地球もいつかは死ぬのですがしかし、生あるうちは清らかに自然の摂理に従って生きることが、最も安らかな生き方であることは確かです。

自然のままなら常に何でもない生活がどこかがちょっと痛んだり病んだりしたら苦しいのです。人は病気になると痛んだり、だるかったり、苦しかったりするのと同じで、地球自体も病まないでいるのが一番いいのです。

自然のままが健やかで一番安らかなのです。

人間の思い上がりを何としてもとどめなくては人類滅亡を通り越して地球の

寿命を縮めてしまいます。

遺伝子の研究で、この地球上に生命が誕生した四十億年前までさかのぼると、すべての生物はその祖を同じにしていることがわかったそうです。人も猿も魚も草木も鳥も虫も共通の遺伝子を持っていて先祖が同一であることがわかるというのです。すべての生物は万物が生々流転する働きの中で生まれ変化してきたのです。

ですからすべての生物に仏性ありというのは生命の根源である遺伝子が共通という面からもいえるかも知れません。言葉を変えれば仏とは宇宙の働き、宇宙のありようそのものなのですからすべての生物に仏が宿っているといえるのです。最先端の遺伝子の研究が、はからずも万物に仏性ありということを証明してくれたといえるのです。

人がどんな生き方をしようともその人の勝手ですが、しかし、誰にも仏性が宿っているのです。あなたにも限りなく清らかな心、突き抜けるほどのやさしさ、正しくあろうとする素直な心があり、その心が仏性です。それに気付くか気付かないかはあなたの問題です。

とにかく、人の想像を絶する星の大きさだけ考えても、人が大自然を統べるなど出来た話ではないのです。屋根に上って竿を振り回し星をたたき落とそうとした話よりもっと見当違いな行為なのです。

謙虚に自然を良く見、自然の摂理に従って生きることが一番健全で安らかな生き方なのです。

星の明るさ

七夕祭で天の川を越えて年に一度だけ牽牛星《けんぎゅうせい》と織女星《しょくじょせい》が合うというとてもロマンティックな話が伝えられ、七月七日には竹に願いを書いた短冊を飾り星を祭る美しい風習があります。

もちろん星に願いをかけたところでそれがかなうはずはありません。

とはいえ、

『お星さま、死んだお母さんに合わせて下さい』

と願って母の面影を偲ぶ心の美しさを非科学的とは言えません。

子供の時にはこのように心をふわっとふくらませるようなさまざまなことを経験させたいものです。そのようにしてまず心が育てられ、やがて祈ってなる何ものもなく願っても自ら努力しないでかなう何ものもないと知って行くのです。

自立した人格の完成を目指す仏教では自分は何もせずにただ良い結果を願う祈りというものは原則としてありません。自ら努める誓願があるばかりです。

人が何かを行なうと、その時の条件や環境や努力の在り方によってさまざまな結果が出てきます。このことを因果応報《いんがおうほう》といいますが、どのような結果になろうともそのままうなずき受け取って行く素直さ、強さを持つことがみ仏の教えにかなう一番安らかな在り方です。

ところで七夕で祭る牽牛星の明るさは太陽の八倍もあり、織女星に至っては太陽の四十八倍もあるそうです。そして何とオリオン座の中のリゲルは太陽の数万倍の明るさだそうです。

太陽の表面は六千度ですがベテルギウスは三千五百度、大犬座のシリウスは一万度以上、リゲルは三億度以上もあるのだそうですからまさに炎熱の世界です。

そんなに明るい星でも、遠いために地球上ではひとつの点にしか見えないのですが……。

宇宙の大きさは人間の想像の及ぶところでないということがこんなことからもわかります。

地球上の自然をわが物顔で破壊する在り方は宇宙の実相を忘れ謙虚さを失った人間の精神性の低下であり、

「正しく生きよ。すべての命を尊び殺すなかれ」

とのみ仏の教えに、耳傾けない破滅への在り方です。

輪廻する星

今、人類の持つ世界最大であるハワイ島の日本のスバル天体望遠鏡をもってしても、当然ですが宇宙のすべての星が見えるわけではありません。

おぼろな知識を人類は持ってはいても、ごくごくわずかを知るばかりで宇宙の真の姿を求め続け尋ね続けているのが現状です。

人に今出来ることは十三億キロかなたにあるとはいっても地球のすぐ近くの土星の輪を調べるためにロケットを飛ばすことくらいです。しかしそのロケットが土星に着くのにはなんと四年もかかるとのことです。それに土星へロケットを飛ばせるといったところで宇宙の大きさと比べたらものの数ではありません。

このように広大な宇宙の中に最も近い銀河で十数億光年、最も遠いものは百四十億光年のかなたにあり、しかも銀河が数百億個もあるのだそうです。

とにかく地球の所属する銀河だけで千億の恒星、すなわち千億の太陽があり千億の惑星があるというのですからそのどこかに人間と同じようにものを考え作り出す生物がいる可能性はあります。

こう考えますと宇宙の中の星を誕生させ、死に至らしめるのと同じ作用、すなわち無常の法がこんな小さな私の命にも作用して私を誕生させ、生かしめ、やがて死に至らしめると思うと何かありがたいような気持ちになってきます。

星は、星に生まれようとの意志を持って生まれたのではなく、宇宙空間を飛び散っていた死んだ星のこななどガス状のくずが、いつの間にか寄り合い集まって一定の方向に動き出し固まって誕生するそうです。

そのようにして生まれた星は何十億年、何百億年と生きてやがて超新星となり強い光を放った後に死んで行き、こなごなになってまた集まり……というように生々流転を繰り返しています。

で、星が死ぬということはまた新しい星が生まれる可能性ができたということでもあるのです。

このような輪廻転生も無常の事実の具現といえます。

仏教では形のある時の姿を『色《しき》』と呼び、形がなくなり、新しい形として生まれ変わるべく変化しているときの形としては見えない状態を『空《くう》』と呼びます。ですから形あるものは形のないものとその本質においては同じであり、形のないものは形のあるものとその本質において同じなのです。

仏教ではこのことを『色即是空《しきそくぜくう》　空即是色《くうそくぜしき》』といいます。

そこで私はこんなことを考えます。

――生きる長さは違っても、星と同じく私の命も生々流転の原則のもとに生まれているのなら、今は形のある色ではあっても、もとは形のない空だったはず。ということは私の命もこの地上か宇宙のどこかにかって存在していたものであって、今は私という人間として生まれているということかもしれない――

と。

無常の真理は天体のありようにも及ぶと知った私が勝手に解釈すると、星の命のありようと私の命のありようは同じ……となってしまうのです。なぜならエネルギー不滅の原理ということがあるからです。

位置のエネルギーは落下のエネルギーとなり、落下のエネルギーは運動のエネルギーとなるというようにエネルギーの形は変わっても決してエネルギーはなくならないという原理です。

エネルギーが不滅なら私のうちにたしかに存在する生命エネルギーも不滅かも知れないではありませんか。無常というありようが不滅であるように……。

私には何だかそんな気がします。

ただ私としては人も天体も無常の法のもとに移り変わり、必ずいつかは消えてなくなるというそこまでで充分です。そしてさらに、消えてなくなったものは、必ずまた形となって現れる、一見、同じ形ではあってもそれ以前のものとは違う個体として……という輪廻だけで充分です。

星の、想像を絶する明るさだけを取り立てて考えてみましても、その星さえ生々流転、無常を原則とする自然の子なのです。無常の原理が仏なら、星もみ仏の子なのですから私も……と私には思えてくるのです。

するとと余りにも小さな、ああでもないこうでもないということごとがさっぱり気にならなくなります。そして、ただみ仏と結ばれている良心に従って生き、自分にも人にも草にも虫にも出来るだけやさしい思いで接して生きたいとの思いが暖かく私を包むのです。

言葉を換えれば、私が確かに生きていると感じられるのは限りある今の生しかないのですから、生きている今をむなしく、うかうかと生きてしまうことなく自分らしく豊かに生き、自分でどうにもならないあの世のことは宇宙の摂理・理法そのものである仏様に任せるしかない、人間には分からないのですから、とこうなります。

ブラックホール

星々の死を待つブラックホールというものをご存じでしょうか。

私にはよくわからないのですが、宇宙の中にはブラックホールがいくつもあるそうです。死んだ星はまず軌道をはずれふらふらと勝手に動き出し、次第に小さな塵《ちり》になり、他の星の塵と一緒となりやがて新しい星として誕生するのだそうです。しかし、星の中には、ゆらゆらと宇宙をさまよい始めた矢先に、ブラックホールに吸い込まれてしまうものがあるのだそうです。

地球ほどの大きさの星は強烈な力で野球の球ぐらいに圧縮されてブラックホールに吸い込まれ、二度とこの宇宙の中に出られず、絶対の死、というか二度とこの世に戻れない死を死ぬのだそうです。

星のこのような死があるのなら人にもあってもいいように私は思ったのです。

人の命も星の命もその長さに変わりはあっても生まれ死ぬという無常の命を持つ事実は変わらないのですから、星の中に絶対の死を死んで二度とこの世に帰れない星があるのなら、人間にもそのような死があってもいいのではないか……と。

そこで私は無常の事実を見つめ、安らかに生き、安らかに死を迎えるありようを教えてくれた、釈尊の教えの中に地獄というのがあることを思い出したのです。

このブラックホールを知るまでは地獄とは正しく生きよ。優しい心を持って健全に生きよ、名誉とか金銭とかこの世の事ごとに執着するな、この世は常がない。死は必ずやって来る。だから今を清々しく生きよ、などといくら教えても、ろくなことをしない人間に仕方なく、

——正しく優しい心を持って生きてないとあの世で地獄が待ってますよ。それでもあなたは悪いことを考えたり、むごいことをしたりするのですか——

といった方便というか脅しというかそれが地獄説であって、地獄が本当にあるわけはないと思っていたのです。

しかしブラックホールを知ってから、

——ええ、待てよ。もしかしたら地獄は本当にあるのかもしれない——

と思い出しました。

世の中には魂を悪魔に売ってしまったような人が確かにいるものです。悪いことをしているのに世間が悪い、みんなが悪い、親が悪い、先生が悪いなどと言って自分は少しも反省せず、不平不満にこりかたまっていて、人の話に耳を傾けようとしない。

——この世にやさしい人なんて一人もいない——

などと自分がやさしくしようとしてないことなど思いもせず、人に要求ばかりして、文句ばかり言っている人がいますが、世の中を白い目で見ながらぼそぼそ生き寂しがっているうちはあまり誰にも影響しないのでいいのですが、それが高じて誰彼の区別なく人を殺してみたり、毒を撒いてみたり、悪いとわかっているのに儲かるからと海や川を汚したり……といった人々が確かにいます。

原爆実験をしたりダイオキシンに関心を示さない人々などは仏の教えに反して生きているのですから、地獄行きの候補者になるのかも知れません。

とにかく生あるものを死へ追いやる行為はすべて悪です。釈尊は戒律のトップに『殺すなかれ』を挙げています。自分の命を永らえるために魚や菜の命を奪うしかない人は、「申し訳ありません。私が食べなければ新しい命を育むもとになった大切な命をいただかせていただきます」、と合掌して食べさせて頂くのですが不必要な殺生はみ仏の教えに反します。

不必要な殺生をすれば地獄に落とされるということですが、釈尊のみならずキリストなど超天才としか思えない人々が地獄があるというのですから、もしかすると本当にあるのではないでしょうか。

その地獄とはえんま様がいて針の山があって火が燃え血の海があってといった地獄に落ち、苦しんでいても、わずかな良い行為があればみ仏が救い出して下さるといったような、ぬけ出すことが可能な場所ではなく、もっと厳しい抜け出すことの出来ない絶対の死なのだと思うのです。星のブラックホールにあたるものが地獄なのだと思うのです。

人間の柔らかな心を失った人は、もうそこで生命エネルギーが地獄に吸収される要因を作っていて、やがて絶対の死を死ぬのだと思うのです。

ただそうなってしまっても本当に自分の勝手さ、冷たさ悪さに気付き仏を念じさえすれば地獄行きからは救われるとの、蜘蛛を意識して踏まなかったその善行だけでも地獄から救おうとした〝くもの糸〟の説話のようにみ仏は限りなくやさしいのですが、しかし気付かなければ絶対の死を死ぬしかないのではないでしょうか。

――地獄は本当にあるのかもしれない――

ということの考えは私の勝手な思いつきでしょうか……。

どうしても自分勝手で人やあらゆる生物やこの世に存在するものを平気で時には必要もないのに殺害する、例えば国力を見せつけるためだけの、核実験をしたり不必要に地雷を埋めたりしてやさしさのかけらもないような人は、救おうとされるみ仏の手を拒《こば》んで、自ら地獄に落ちることを選んでいるのだと私は思うのです。

人間の魂が二度とこの世に生まれかわれない絶対の死を死ぬ、人間の生命エネルギーを吸い込むブラックホール、それが地獄で人には分からないけれどブラックホールが実在する以上、み仏の教えに反して生きた人の行くべき地獄も実在するに違いないと私は思うのです。

人類の滅亡

平生私はいつまでも生きていられるような錯覚を持ってうかうかと毎日を過ごしていますが、しかし、忘れていようがどんなに健康に気をつけていようが死を逃れる術はまったくありません。

そして死ねば私の肉体は腐るか灰になるかとにかくこの地上から消えてなくなります。

でも肉体だけが私でしょうか。

かって私は大病して頭のてっぺんから足の先まで激痛が走り続け、身動きひとつできないのに、頭はさえていて、

『私という人間の日ごろの扱いが悪くて、こんなに体が苦しんでしまい、体に申し訳ない』

と思ったものでした。

死が迫っていると思いながら自分の体に対して
『私が普段、よく気を付けてあげたり大事にしてあげなくてごめんね』

と思っていたその私とは何でしょうか。少なくとも肉体そのものではないのです。苦痛に耐えに耐えている肉体に謝る私がいたのですから。

運よく助けて頂き退院できた私はこんなことを考えたのです。

銅線の中を電気エネルギーが通っているように私の肉体には生命エネルギーが宿っているのかもしれない。もしそうならエネルギー不滅の原理の通り、私の死後も私の生命エネルギーは不滅でただ目に見えないだけなのかも知れない……と。

もしかすると昔の人が言ったように、花の命になるのか、虫の命になるのか、鹿の命になるのか運よくまた人の命になるのかわからないとしても、全く新しい命としてこの世に誕生するのかもしれない……。

何に生まれ変わるかはこの世で何をしたかによるに違いない、などと勝手に思ったのです。しかも確信に近い思いで。

――天空に浮く星々が何十億年、何百億年と生きてやがて命が尽き軌道をはずれ散りぢりとなって宇宙遊泳を始めても、また再びまったく別なしかし見かけは同じ星として誕生するというのなら私の命も――

と思ったのです。

死後は絶対にわからないのですが、ただこの世の形あるすべてのもの（色）は必ず消え果て（空）消え果てたものがまた形となって現れるとの生々流転の、無常の真理のありようとはそういうことに違いないと思ったのです。

このように無常の事実を確かに知ると私の死も無常の事実の現われで自然のことであり、どんなに避けようとしても避けることは絶対に出来ず受け入れるしかないことと心の底から思え、肩の荷がおりた感じがしたのです。

私の死が確かなように、どんなに繁栄を続けようとも人類も必ず滅びます。

無常の真理故に。

ただ、人類は人類としての天寿を全うすることなく自らの欲望に振り回された病的な在り方を改めない限り、その死を早めるのではないでしょうか。

しかし、かって地球上に栄えた恐竜が絶滅したように、人類の滅亡は天体の運行にとっては何事でもなく、地球にとっては嬉しいことであるかもしれません。

とにかく私の死が何事でもないように人類の死もただ事に違いないと私は思うのです。

ただ死の瞬間まで人間らしく心を清め、正しく美しくやさしく生きよとの釈尊の教えのように人類滅亡の瞬間まで、最後の一人になっても人間らしく誠実を尽くして生きるしかないのだと私は思うのです。そして多分人類最後の一人の方は
――この世はすばらしかった。命あることは輝いていた――

と、人として存在したことを感謝し合掌して最後の息を引き取るに違いないと思うのです。

死を忌み恐れ拒否しても死の事実から逃げられません。ですから生も死も自然のありように任せて今を生きる、それが仏教徒の生き方です。

生かされている私

宇宙の星々が生まれては死んで行くように私もやがて死んで行きます。驚いたことに宇宙の星と同じ命を私は持っているのです。

生まれたものは必ず死ぬ、形あるものは必ずその形を消す時が来る、といった生々流転を繰り返していることがこの世にただひとつの変わることのない絶対の真実であり真理です。とすればこんな小さな私も真理を宿した存在です。

無常のありようすべてを真理と呼び、仏と呼ぶのならたしかに無常の真理を具現するもののひとつである私は仏の子ということになります。

でも私に限って考えてみますと、仏の子というには余りにもお粗末で、人のことを悪く考えたり、世のありようを憎んだり、その改善法がわかっていても批判を恐れて言わなかったり、忙しさにかまけて放っておいたり、やさしい言葉をかけるのが当然な時にその一言が出なかったり、行うべきことを行わず、怒るべきことを怒らず、悲しむべきことを悲しまず……などどうも私はろくなものではありません。

と言うことは、理論の上では仏の子であっても仏の子というにはおこがましくて言えた義理ではなく、言ってみたところで実感がありません。

そこで私の気付いたことは

――自分の意思で生まれたり、自分の意思で何もかも自由になるわけではない。今日は晴れが良いとか、雨が良いと思ったり、親を変えたいとか兄弟がほしいと思ったりしたところで変えられない。生まれてこなければ良かったと思ったところで生まれてきている――

私という人間は自分の意思で生まれてきたのでなく、気がついたらこの世に生まれていたと同じように自分の意思で生きているのでなく生かされているのであって、自分の意思でどうにでもなるところだけ自分の知性や行動力や心の持ち方で間違いのないよう行動していくしかない……。

　要するに生きているのでなく、

――私のようなものでも生かされている――

――私のようなものでも生きることが許されている――

――私のようなものでも生きることが祝福されている――

　ということに気付いたのです。私を生かしてくださっている根源が大宇宙の摂理・理法であり、それが私にはみ仏なのです。

　言葉を変えれば真理を見いだした釈尊の教えを正しく学び、人々の心身の完全な救済のありようを完結された親鸞聖人というすごい人に出会い、その教えを心に感じながら生きているもったいないほど豊かな日常に恵まれているのです。

　親鸞聖人に会えた時、私は生もよし、死も良しというか、この世に怖いものがなくなったのです。苦しかった過去から死とは何か死んだらどうなるか、絶対に分からない私は、死を大宇宙の摂理に任せきることで、死後の不安まで完全にぬぐわれたのです。ただ私にそのみ教えを表現する力のないことを悲しむばかりです。

目にしてる星が存在してないことがある

何一つ変わらないものはないこの世に生まれた私たちは誰一人の例外もなくいつかは死にます。長かろうが短かろうがその死の瞬間までを私たちはどう生きたらいいのでしょうか。

明日どころか、一瞬後の命もわからない私たちの掌中にあるのは生きている今だけです。過ぎ去った懐かしい思い出も心の深奥にあるといえるかもしれませんが。

しかし思い出はすでに存在していません。心のうちに存在しているだけですから、あるといえばあり、ないといえばないそんな存在です。つらかった戦災など過ぎ去った事を思い出したり、消息のわからない友を偲んだりする時、私は星のありようを思います。

今、確かに空に輝いて見える星は、存在してるから見えていると私は思っています。

しかし……。

地球に星の光が届いて私がその星を見ている同じ時に、宇宙のはるかかなたにあったその星がすでに消えてしまい、この世に存在していないということもあるのだそうです。

私が今、確かに見ている星が私の見ているその瞬間には宇宙のかなたですでに消滅してしまっているというのです。

なぜなら、何万年も前にその星から飛び出した光がやっと地球に届いたものを私は見ているのですが、その光が宇宙空間を飛び続けていた何万年かの間にすでに光の母なるその星が死んでしまっていることがあるというのです。

とすると確かに私が見ている星はあるというべきなのでしょうか。ないというべきなのでしょうか。

母に死なれた人が目を閉じれば母に会えるという時、母はすでにこの世の人ではないのですが、目を閉じて母の顔を思い出し、母の声を聞いているような気持ちになった時、たとえ思い出の中の母にせよ、今確かに母に逢っているといえなくもありません。すでに宇宙のかなたにない星が今、私に見えているに似て。

こんなことを考えますと、この世のものはあるといえばあり、ないといえばないといえそうな心もとない存在であるような気がします。

でも、いま確かに私は生きています。

わずか一瞬前はすでに過ぎてなく、まだ来てない瞬間後の未来は今、この瞬間には存在してないのですから、私が確かに自分のものといえる時間は今だけです。とすると、

『生きるとは今を生きる以外にない』

ということになります。

今今と今と言う間に今ぞなく
今と言う間に今ぞなくなる

と誰かの歌にありますが、今を確かにつかむことはとても難しいのです。

それでも今しか私たちにないのなら今、誠実の限りを尽くすしかありません。

でも、今できる限り誠実に精一杯生きるとは、そうしようと力むことではありません。ではどのように生きることなのでしょうか。

日々新たに

この世は常がないということがたったひとつの変わることのない真理であると気付いた釈尊は、無常に生きることを教えました。すべてのものは移り変わる、その事実に即して生きよと。要するに日々新たに生きよ、今新たに生きよ、今確かに生きよということです。

明日知れないはかない命を持っている人間が今、確かに生きよといわれてもどう生きたらいいのでしょう。

釈尊はこう教えています。ずばり、

『悪いことをするな』

です。

『もろもろの悪をなすなかれ』

です。

どんな事情があろうとも悪いと知っていることをしてはいけないというのです。

人が見ているとか見ていないとかで態度を変えるなど、とんでもないことです。たとえ

――これくらいのこと、誰も見てないし……――

と道にゴミを捨てたり、公のものである紙をたとえ一枚でも無駄にしたり、など些細なことでも決してしてはならないというのです。

人はともすると、自分に都合のいいことを善とし、都合の悪いことを悪としがちです。

自分にとらわれ、自分を中心に善悪を判断するからですが、正しく判断するためには自分をなくし、自分を勘定に入れないで、多くの人々のために何かよく、何か悪いかを考えなくてはなりません。そのように自分の損得が入らず、

純粋に澄んだ心で考え、悪いと思うことはたとえどんなことがあっても決してしない。という態度がこの世に生きる生き方の原点だというのです。

水や土を汚したり、体に良くないと知っていても儲かるから農薬をたくさん使うなどのことをして土や川や空気を汚すなど人の体にマイナスになることをする、干潟を壊す、要りもしないダムを造る、森林の中に必要のない道を作る……。などのことをする人々は恐ろしいことに小動物の命など塵芥より軽く考えているのです。

また自分が認められ、自分が大事にされることばかり考える自己中心的で思い遣りのかけている人は、言葉や行為で人の心を傷つけることがあっても気付かずにいることがあります。悪意のあるなしにかかわらず人の心を傷つけることなど、全てみ仏の教えに反する行為です。

悪いことをしないためにはまず、感謝できる健やかな心を持つこと、また健やかな心が持てるような生き方をすることだと私は思います。

感謝できる生き方とは決して自分自身に嘘をつかない生き方であり、自分のわがままを見極めて、コントロールする生き方のことです。自分に都合のいいこと、人にほめられることが良いことなのではなく、自分をなくして多くの人々のために何がよく、何が悪いかを考え、良いと思えることを実行し、悪いことをしない生き方のことです。

例えば公共がゴミ問題を当座しのぎのおざなりなやり方で対処したり、大気汚染の濃度をほどほどに発表したり、環境ホルモンやダイオキシンの実態を人に不安を与えるからと微少に発表したりすることは悪です。

み仏の教えでは事実をありのままに見ること（あきらめること）から行為が始まるのですから、事実に色眼鏡をかけてみたり、事実をごまかしたり、また事実を見ようとしなかったりすることすべては悪です。

とにもかくにも悪いことをしない生き方をするには、何が正しく何が正しくないかを知る判断力を養い、その上で正しいと知っていることを勇気を持って実行し、悪に対しては断固拒否しなくてはなりません。

今、正しいと思っていることをする。それが先述の今新たということであり、無常に生きる生き方です。

こんな話が残っています。

ある人が、

「仏の教えとは何か」

と聞きますと、高僧といわれ尊敬されていた方が、

「悪いことをするな。良いことを行え。ということである」

と、答えたそうです。と、余りにも簡単な答えなのではじめに聞いた人が、

「そんな当たり前のことなら三才の子供でも知っている」

とつぶやくように言いますと、高僧は、

「三才の子でも知っていることが、大の大人が行えない。それを行えというのが仏の教えである」

と答えたというのです。

深い無常の真理に根ざしているのですが、簡単に言えば、み仏の教える生き方とは『悪いことをするな』です。

積極的に『良いことを行え』です。

「何がよく何が悪いかがわからなかった」とは言い逃れです。何か良いか見極めるまで人は己をみがかなくてはならないのです。

悪いことをするな、の教えの前に弁解の余地はないのです。

では、み仏の進める良いこととは何でしょうか。

いろいろあるでしょうがまず、人を幸せにすることだと私は思っています。幸せにするといっても、甘やかしたりなまけ者にすることでなく、人として生きがいが持てるよう手助けをすることです。

繰り返しますと自分に都合のいいことが良いことでなくほめられることが良

いことでなく、一人でも多くの人が生まれてきてよかったと思えるように行動することが良いことです。

ですから仏の進める良いこととは人に生きる勇気を与えること、人の心を安らげること、人に生きる勇気を起こさせること、人に笑いや明るさを取り戻させることなど人を幸せにするすべてのことです。

多くの人に好かれて人に囲まれている人は気配りができ、平等で、包容力があり、明るく話題が豊富で、人の悪口を言わず、本質的に優しい人です。

実際には人の悪口を言わず、人の長所を見抜いている人は、人の欠点も見抜いているのですから悪口を言ったり、愚痴を言ったりする人よりはるかに厳しいものを持っているのです。がやさしいために長所を見てつき合ってくれますし、どうしても直さなければならないことは直接言ってくれます。

そのような時、言い方も大切で、こういう場合の話す力など国語教育でつけるべき力のひとつと思うのですが、しかし言い方がどうあろうとも聞く耳を持っているかいないかは聞く方の問題です。

どんな人の忠告であろうとも素直に聞く耳のない人は人として育つことはできません。

忠告してくれるのは絶大な好意の表われなのですからよく考えて、自分を磨く糧にしなくてはなりません。

とにかく人に囲まれて幸せに生きている人は、その人なりに自分を磨いている人なのです。

中には人に囲まれているのが自分の実力と思いこんでいても、社長だったり、部長だったり、団長であるためで、人として好かれているのでなく立場上人に囲まれているに過ぎないような人は後でさみしい思いをしなくてはなりません。

人が薄情なのではなく、誰が悪いのでもなく、自分を厳しく磨かずにいて立場上人に囲まれているのを尊敬されているとか、好かれているなどと錯覚し、自己を甘えさせていた自分の責任です。

ですからそのような時には自分の無明を恥じて生き方を改めるべきなのです。周りの人に目先の薄っぺらな心地よさでなく本当の意味での幸せをもたらすよう努め、道を歩きやすくする、人に笑顔でいつも明るく声をかけるなど何でもいいから生活の中でとりあえずできることから良いと思うことを積極的に実行して行けば、いつの間にか人々に囲まれ満ちた日々に恵まれます。

人にとって一番耐えがたいのは孤独なのですから。

このように正しく生きることは人を孤独地獄から救い、毎日を生きやすくすることでもあるのです。

釈尊は人々の幸せな生活を願って良いことをせよ、悪いことを決してするな、と教えてくれていたのです。

三章　幸せに生きる

——常楽《じょうらく》我《が》浄《じょう》

幸せに生きる

悪いことをせず良い行いをする。と教えられて良い行いをしていてもその行いが見せかけだけの場合があります。

心の中ではこんなやつ、と思っていても自分がよく思われたいばかりに、または仕方なく、

「お考えが抜群ですね」

とか、

「またぜひお目にかかりたく存じます」

などと世辞をいったりすることがあるからです。

心からの言葉ではなくても、その言葉がやさしいと人は親切にしてもらったとか、やさしくしてもらったと思います。

だから寂しい人が、口のうまい詐欺にあってお金をだまし取られても、「やさしい言葉をいつもかけてくれ、よく訪ねてくれたあの人はよい人だ」と言い切るお年寄りがいることを私たちは知っています。

誰もが自分にやさしい言葉をかけてもらいたいのです。

自分にやさしい言葉をかけてくれさえすれば、相手の行いが悪かろうと頓着しないというのはエゴばかりで、人としてのやさしさというか正しく生きてくださいと相手へ願いをかけるやさしい心を忘れていて、自分の寂しさに負けてしまっている間違った在り方です。

孤独に耐えがたい人にきびしい言いようですが間違いは間違いです。たとえ孤独であっても、合掌して生きる独立心があったなら相手に詐欺などという犯罪を行わせてはいけないのです。

ですから、人はやさしい言葉をかけてくれるよう人に求めるのでなく、自分がやさしい言葉をかけて上げられる人になることです。

それは本当は簡単にできるのです。自分に十分な愛が注がれていると信じられ、心が満ちていれば誰にでもできるのです。

ですからいつでもどこでも何をしていてもやさしく見つめていてくださるみ仏の慈悲の光はこの世に満ちていると親鸞聖人は言われているのですから、その言葉を判断せずただ信じ、その慈悲の光を素直にいただき受け止めさえすれば、人にやさしい言葉を求めず、誰にでもやさしく語りかけられる人になれるのです。

それはとにかく、泥棒のまねをしても泥棒で、警察に捕まるのですからやさしさのまねだったり、表面だけのものであっても親切は親切ですし、やさしい言葉はやさしいのです。このように世間では見かけだけでも人の心を潤すこともあれば十分それで間に合う場合があります。

やさしい言葉は人に温かく響きますし、仕方なくではあっても、荷物を持ってあげれば体の調子の悪い人は本当に助かります。

十円が足りなくて切符が買えないでいる人に、恵んであげるといった高ぶった気持ちで十円を恵んだのであっても、十円足りなかった人は本当に助かります。

しかし、仏の教えは厳しくて例え良い行いをしていても、それが心の底から純粋であるよう常に自分の思いを清らかにしなさいと教えています。

親切な言葉をかけてもらっているのに

「わかったものか。心の中では赤い舌を出しているに違いない。本当に嫌な奴だ」

というように人の言葉を悪く取ったり、曲げて取ったりする受けとる側の心のありように問題のあることもあります。この素直でないひねくれた心も仏の戒めるものです。

いずれにしても人の世では見せかけの親切が親切として通ってしまうことがありますが、仏の教えは、

『行いを正しくするだけでなく、その正しい行いが心の底から純粋な行いとして行われていなければならない』

と教えています。

『つねに正しい行いをせよ。自分の心を清らかにして』

というのです。

ところで良いことだとわかっていることでも、いくらやっても誰も認めてくれそうもないことや、例え良いとわかっていることでも非難されると前もってわかる時、多くの人は損だからとやらないものです。

損得の計算をせず、やるべきことをやるのは現実的には愚かといえる場合もあります。親鸞聖人は愚にかえって生きるといっています。言葉を換えればどんな時にも計算せず、世評に流されず、正しく生ききるということです。

陽明学ではありませんが

「知って行わざれば知らざるに同じ」

です。

いくら理屈を知っていても、いくら、今何をしたらいいかを知っていても、行動がともなわなければ知らないのと同じです。

今、勉強すれば良いと知りながらついついテレビやスマホを見てしまうといったことは意志の弱さですし、良いことを行えと教えている仏の教えに反します。学生は学ぶべきだと知っていながら、そして学ぶ場も時間も与えられていながら学ばないのは、かつて貧しさ故に学ぶ場所が与えられなかったために、学べなかった人は何と思うでしょうか。

とにかくいつでもどこでも、どんな事情があっても、悪いことをしないで良いことを行うのが人のとるべき態度であるとみ仏は教えています。

実際、自らの心を清めるには意志が要ります。放っておいては垢がたまり、ゴミが沈殿し、雑草がわが物顔に生えてしまいます。

鏡も拭かないでおくと自然に曇ってしまいます。

人はいつもいつも自分の心を清めるよう己を厳しく見つめ、心を清め、静め、安んじなくてはなりません。その人の魂ともいえる人の本質である仏性は本来清浄なのですが心はその人の心がけしだいで良くも悪くもなるのです。ですから常に邪心を追い、清らかな心を保つ努力を続けなくてはなりません。

実際、悪いことをしないで良いことをする。こんな単純なことが行うとなるとなかなか難しいのです。

釈尊が息を引き取る時の言葉のひとつに、

——安らかに生きられるよう怠ることなく修業しなさい——

があります。常に心を清めよ。ということです。しかし私には常に心を清らかに保つことなど至難の業です。

しかし、み仏を念じて生きた多くの聖を思い出すだけで心が静まるのを感じます。まるで魔法のように心が浄められ安らぐのを感じます。

本当のやさしさ

「良い行いをして悪いことをするな」が、み仏の教えということですが、では、良い行いとは何でしょうか。絶対の真理が仏であり、真理を悟った釈尊のことも仏と呼ぶのですが、釈尊の教え、すなわち仏教では、

布施　与えること
愛語　慈愛に満ちた言葉をかけること
利行　人のために尽くすこと
同事　協力すること

の四つが良い行いであると教えています。で、まず布施について考えてみます。

布施と聞いて中には、

『ああ、そう。布施をすればいいのね。人になにかをやればいいってこと』と思う人がいるかもしれませんが待って下さい、与えることが本当にその人のためになる時だけ与えるのです。

与えないことがその人のためということもあるのですから。一部に見られる福祉に名を借りた安易なバラ撒きは布施ではありません。

安易に人に与えることは、なまけ者を作ってしまったり、いたずらに人の優位にたって恵んであげる、助けてあげるといった高慢な態度で人を傷つけたりします。

文化と自然の豊かな国々へ行って、

「あなたがたは時代から遅れているから教えてあげます」

といった態度をとる人々がいます。そんな時、穴があったら入りたいくらい恥ずかしいと私は思います。

その国々には文明国が失ってしまった人間らしさが息づき、登校拒否もなければ公害もないのです。文明国が真摯に学ばなければならない数々のことがあるのですから、一方的に文明が進んでいるからといって高ぶった態度をとることは恥ずかしい限りです。

謙虚な気持ちを持ったその上で、より便利な在り方を伝えるのはいいのかもしれませんが、便利とかスピードこそ善であるとは思い上がりであり錯覚でしかありません。もっと自然に則った時間をとりもどし、時間をかけて物事をする、非能率とも言える人間の脈拍にあったゆったりとした時間を取り戻さなくてはならない時が来ているのです。

ところで人はどんな場合も絶対に対等というのが仏の教えです。ですから古代大和朝廷は仏教の教えのすばらしさを知っていても一般の人々に伝えようとしませんでした。『人みな平等』の教えが権力者には都合が悪かったからです。

文明の遅進などの違いがあっても、人として常に対等であるとの態度が取れないのは心のつつましさを忘れ、偉大な釈尊の教えに耳傾ける素直さを失っているからです。

布施とは余ったものを人に差し出す高ぶりなどではありません。

空腹な旅人に何も上げられないウサギが、自分の体を捧げようとしてたき火の中に身を投げた話を御存知ですか。

ウサギは命を上げようとしたのですが、とにかく自分の一番大切々ものを与えられるのでなくては布施とはいえません。

ありあまったものを人に投げ与えたところで人は喜びはしません。これが原則です。

でも余ったものを無駄にせず、そのものを本当に必要としている人に生かして使って頂くのならいいわけです。

投げ与えるのでなく、余ったもので申し訳ないけれど人様に生かして使って頂くというのならいいわけです。

人に与えるのは物やお金だけではありません。やさしい言葉や明るい態度、絶やすことのないほほえみも人に施すことのできるものです。

以前こんな話を聞きました。

筋ジストロフィーで、もう足も手も動かなくなり、ただじっと死を待つばかりの子がとても明るいので不思議に思った人が、

「寝たきりの君がどうしてそんなに明るくしていられるの」

と思い切って聞いたのだそうです。普通お見舞いに行って、死が迫っている人に、

『どうしてそんなに明るくしていられるの』

など、聞けたものではないのですが、それが自然に聞けるほど明るかったのだそうです。

その時、筋ジストロフィーの子はこう言ったそうです。

「僕はもう自分で体を動かすことも物を食べることもできない。そんな僕の

できることは、明るくして僕のことを悲しんでいるお父さんやお母さんを少しでも悲しめないことだけです」

と。

死を前にした十代の少年とも思えない、やさしさに裏付けられた強さが感じられます。

そうなのです。本当のやさしさこそ強さなのです。

この少年は自分の死を見つめながら、周りの人を悲しめまいと必死に努力していたのです。これが布施です。

ですから布施はどんな状態でもできるのです。

「布施、冗談じゃあないわ。こちらがもらいたいくらいだから」

などといっている人が時折いますが、とんでもない間違いです。布施は生きていさえすれば、意識がありさえすれば誰にでもできるのです。布施をする意志があるかないかが問題であって、これこれの状態になったら布施をするなどはもってのほか、結局布施のできない人の言い訳です。良い行いをしなさい、まず布施を。とのみ仏の教えに反しています。

自然も布施を行っているといえます。なぜなら天空に輝く無数の星を見て、限りなく慰められます。そんな経験をした人は沢山いるのではないでしょうか。

かって第二次世界大戦の時に日本の地を離れ戦地に連れて行かれた兵隊さんたちの中には、その地の星を見て、

「日本でも同じ星を見た。ふるさとの人々はどうしているだろう。母や妹やふるさとの人々のために戦さに来たものの僕はもうすぐ死んで行く。どうかみんなが僕の分まで幸せでいてほしい」

とのやさしい願いを星に託して、息を引き取った人もいたのではないでしょうか。

星を見ながらしみじみふるさととそこに住む人々を懐かしみ、魂となって天空を駆けふるさとに帰れることを信じ死んでいったかもしれません。

山や川、そして田園風景など自然のたたずまいはどうして誰にとっても限りなく懐かしいのでしょうか。

山のたたずまいや風の音、波の音も、森や林のありようも、鳥の声も虫の声も大自然のものは人を慰めずにはおきません。

疲れきった人の心をほっと暖かく包んでくれるのも自然です。

ですから見方を変えれば大自然は布施を続けているといえます。どんな人にでも、あくまでも平等に慰めを与え続けています。

もちろん大自然には厳しさもあります。その天災の恐ろしさは言語を絶します。

しかし人は多くの場合大自然のぬくもりに包まれているのです。もし人が大自然の前に立っても慰められないほど閉ざした心を持ってしまったとしても、無意識の中で慰められているのだと私は思います。

かって私は、

――この世の中めちゃめちゃだ。大人など誰も信用できない――

と思っていた時期がありました。そんな日々に美しく光る月を見ては、

「何で月はあんなにきれいに光るのだろう。この世の中に純粋で美しいものなんて何ひとつないのだから、あの月の取り澄ました嘘を絶対にあばいてやりたい」

と思ったものでした。

干からび切ったカサカサの心でいても月は美しいと思えたのでその美しさは嘘だと思ったのです。

その頃の私は何があってももう決して涙を流さなくなっていましたが、月の光を見ると自然に涙が流れたのです。

月の美しさを否定してはいても、その美しさに私は限りなく慰められていたのです。

私が心の中にかろうじて真実を求めようとする思いを消さずにいられたのは、

人ではなく自然の前に乾ききった心を投げ出していたからでした。

人は誰でも大自然に抱かれさえすれば慰められるのです。

じっと波の音を聞いたり、じっと蟻の列を眺めたり、夕焼けに心を奪われたり、雨の音を聞きながら流れる水滴に夢中になったり……と、幼い日に自然と溶け込むそんな時間を持たなかった人は何千億円の財産があろうが、家族に恵まれていようが、自然と対した経験がないというだけで不幸です。

ところで昨今の人は破壊するばかりで、自然に対し、布施らしいことをしていません。

自然が見せてくれる無条件の布施を、人も自然にお返しするすべを考えなくてはいけないのではないでしょうか。少なくとも自然を人に都合の良いように破壊するなどもってのほかです。

愛語も良い行いのひとつです。

やさしい言葉、慈しみの言葉をいつでも誰にでも……と釈尊は説いています。もちろんやさしさが厳しさとなることもあります。その子にとってどうしても覚えなければならないこと、体験しておかなければならないことは、嫌がってもさせなくてはなりません。いわゆる愛の笞です。

その子にやらせる必要はあるけれど嫌がるのを無理にやらせると自分が嫌われてしまうからやらせない、という態度は自己愛で、その子への愛ではありません。

愛語には美しい言葉、清らかな言葉、慰めを与える言葉、勇気を与える言葉、共感する言葉、励ましの言葉などなど無数の種類があります。

そして例えば励ましの言葉をかけるにしてもその愛語が適切でなくてはなりません。

なぜなら時により、人によって同じ言葉が残酷な言葉の役をすることもあるからです。

意気揚々と自信を持って努力している人に、

「もう一息頑張って、目標をこのあたりに引き上げて」

などと声をかけることはさらなる勇気を呼び覚まし、実行力を培います。

ところが自信を失い、気力をなくしている人に、

「もう一息頑張って、目標をこのあたりに引き上げて」

などと励まそうものなら追いつめてしまい、ついには自殺してしまうことさえあります。

気力を失った人にはただ、

「そうなの。そうよね」

と聞いてあげるだけがいいのです。そして自信を取り戻し、気力が充実して来たと分かったら励ますのです。

ですから、よし愛語だ。励まそうなんて通り一ぺんなのは駄目なのです。

できるかぎりの優しい心を持って人の状態をよく見、その人を知り、その人

にとって今一番適切な言葉を言うのでなくてはなりません。やさしい言葉、うなずきの言葉、励ましの言葉等々……。

ですから愛語ひとつにしても本当の知恵というか、知性が必要になります。言わないでいることが愛語である場合もあります。例えば子供の前で、たとえ誰が見ても困ったと思う先生であっても先生の悪口や批判を言ってはなりません。子供の心を傷つけるからです。どうしようもない酒飲みのぐうたらな親であってもその子の前で、

「あんたのお父さんは本当人間のくずだね」

などと言うのはその子の心を傷つけます。

「お父さんはやさし過ぎるから、この現実に負けてしまうんだね」

というような一か所、救いを残しておくというか、さもなければ子供の見るに任せて先入観を注入しないことです。

やさしい言葉であっても、お世辞やうそや甘言の羅列であるよりは時には無

言の方がはるかに雄弁にその人を勇気づけることもあります。

愛語を常にとの釈尊の教えは限りなくやさしいのですが、また限りなく厳しい教えで、自分の状況やら状態やら打てば響く太鼓のようにその時、その時に応じて第三者に生きた言葉が話せるのでなくてはならないのです。

例えば、ぐうたらな父親の悪口を何百回も聞かせなくても、やがて子供はありのままの父親を見るようになります。でも子供の時から冷たく批判的な言葉を聞かされ続けることがなければ、その子なりにやさしく父を見、父の体は大丈夫か、父に生き甲斐があるかと心配し、その路線上で父へ意見するようになるでしょう。父を思う子の温かな意見は何者にも勝る愛のムチとなり、時には父を蘇生させることもあるでしょう。

このように愛語と自分が思っていても人にとっては残酷だったり、痛ましかったりすることもあって人間に完全ということはなかなかありません。

ですから、自分でやさしい言葉、美しい言葉、真実の言葉を口にするよう心がけてはいても、こちらは悪意のかけらもなくても、人を傷つけてしまうこともあります。そのような時はもう謝るしかありません。

しかも傷つけてしまいながら、相手が傷ついていると知らないでいることもあるのですから、釈尊の教え通り愛語を常に、と心がけていたら毎日毎日、知らず知らずのうちに、もし人を傷つけるような言動がありましたらお許し下さい、とあやまる気持ちに自然になり、許されて生きるしかなくなります。

ですから誠意を尽くして生きるとは、許されて生きることなのです。

孔子の弟子の曾子《そうし》が日に三度わが身を省みるといっています。私は論語のそのくだりを読んで、

——すごいなあ。日に三度も反省するんだ——

と思っていましたところ、娘がある日、

「孔子ほどの偉い人の弟子は日にたった三回しか反省しないでいられるんだから楽でいいね。」

と言ったので驚いたことがあります。

一人一人のものの考え方とか器とかはこんなにも違うのです。ですからもともと千差万別な一人一人の状況もその時々の気持ちもみんな違っているのに、いつでも誰にでもふさわしい言葉をかけることなど不可能に近いのですが、しかし、心がけとしては、どんな場合にも愛語をというのが厳しくやさしいみ仏の教えです。

ですから私は及ばずながら常に愛語をと心がけ実践したいとの願いはありますが、願えば願うほど不完全な自分に気がついて結局み仏の前に合掌し、許されて生きるしかないと知るばかりです。すると自然に感謝したい気持ちに包まれていきます。

本当の親切

み仏の教える良い行いのひとつである利行とは人のために尽くすことです。親切の押し売りという言葉があります。

人のために尽くすといっても、人の求めているとおりにはなかなかできないものです。

親切にしてもらう側から言えば、親切にして頂いてありがたくても、〝やってやった。やってやった〟と繰り返されてはありがたみも半減どころか、嫌になってしまいます。それにやってもらわない方が良かったと思うことさえあります。

もちろんやってあげる方は悪意でなく親切のつもりでやるのですが、される方からすれば有難迷惑なことがあるということです。

障害者の方に対しても同じです。目が見えない、耳が聞こえない、歩けないなどのハンディを除けば後はまったく同じ人ですのに常に健常者はしてあげる立場となり、障害者はして頂く立場になってしまう。

そうではなく障害者の人が健常者の人とまったく対等な人として交流できるようハンディをかばうことが福祉であって、してあげるなどの思い上がった行為は福祉どころか悪行でさえあります。もちろん、本人に意識がないにせよ、人を見下すようなところを隠し持っていたり、してあげるという思い上がりがあったりする以上、していただいたほうが助かったと喜ぶようなどんなやさしい行為も利行の入口ではあっても利行ではありません。

利行にはたくさんの種類があります。例えば人との関わりの中で、どんな小さなことでも約束は必ず守るというのも利行のうちと拡大解釈ができます。

課題や宿題を課せられた時にこれこれの理由でそれはできないと断らない以上、先生と生徒間との約束は成立しているのですから、それをやらないとか忘れたとか、自己弁護したり、適当なことを言ってごまかすなどのことはみ仏の教えに反した生き方です。

ですから約束は必ず守り、相手に不快な思いを与えないことも利行のひとつです。利行をと心がけていれば、無責任な約束をしたり、その場限りのことをいったりできなくなります。要するに責任のある態度を取るようになるのです。

更に世の中全体に対しても教育の在り方、政治の在り方、環境汚染問題、高齢化の問題、労働問題等々この世の事ごとに目を向けて自分でできる限りのことをするのは当然です。

こうすれば良くなると思ったことは敢然として行うのでなくてはみ仏の教えに適いません。人ばかりでなく、虫や鳥や魚、花や草や木や土や空気や水など自然界のすべてに利行がなされなければなりません。

台所で流す一さじのしょうゆや油がどんなに川を汚すかを知ったなら、決して流して川を汚すことなくふきとって捨てる、米のとぎ汁は庭木にあげるという小さな事々を絶対に守るのも利行のひとつです。

さりげなく人に尽くせるようになるためには、世の中や人の心などよく知らなければなりません。

ここでも謙虚に心を清く保ち、知性を磨くなど修業に努めなくてはならないことが分かります。

しかし、どんなに尽くしても足りないのが人間ですから、自分では誠意を尽くすのですが、しかし気付かなかったり、間違えたりするなど、至らないところが多々あるのですから、誠意を尽くして生きるほど許されて生きるしかない自分に気がつきます。

どんなに尽くしても尽くし足りない不完全な自分に気がついた時、み仏の大いなる許しの中で、み仏の限りない慈愛のまなざしに見守られてのびのびと生きて行けるようになるのです。

協力

協力することを仏教では同事といいます。しかし場合によっては協力することがいいと言えない時もあります。

そこで私はいつもこう思っています。

右でも左でも大差ない時、自分は左だと思っていても、人が右というのなら右に譲っていい。しかし、ここ一番はどうしても、こうであるべきだ、こうが正しいと思える時は相手が総理大臣であろうとやくざであろうと、譲ることなく自分の考えを通す。

要するに正しさを通す。

その代わり、批判や結果についての責任は引き受ける。それが正しく生きるということに違いない……と。

人は多くの場合、どちらでもいいことをまるでゲームのようにああでもない、こうでもないとピーチクパーチク話していて、いざ、肝心なことになると黙ってしまい、

――大勢に流されていよう。楽な立場に立っていよう――

と考えもせず、身の安全を図りがちですが、それは正しい生き方とは言えません。

楽な生き方を選ぶのでなく、あくまでも正しい生き方を選ぶのです。

そうでなくては世の中が良くなろうが悪くなろうが構わず、ただ自分の身さえ安全ならいいとだけ考えて身の処置をするエゴイストです。それでは世の中が良くなりませんし、正しく生きよとのみ仏の教えに反します。正しさを通すには人間は馬鹿になれなくてはなりません。

利口に立ち回っていては正しさは通りません。損をしてもいい。批判されてもいい、邪魔にされてもいい、世の中が少しでも良くなるなら、というところ

があって初めて本心で生き、やさしさを貫くことができるのです。その在り方が『愚にかえって生きる』私の尊敬してやまない親鸞聖人の生き方です。

愚にかえって生きるとは人としての誠を通し、やさしさを失わず正しく生きて世間体などに惑わされない生き方のことです。

同事とは何でもかんでも泥棒でも環境汚染でも協力するというのではありません。人々にとって、また地上のあらゆる生物にとってよいことを行い勇気を持って協力するということです。正しい行いには勇気を持って協力し、非難や評価を恐れず誠を貫く生き方です。

損得を考えていては、協力すべきことに協力することができません。ここでも愚に帰る必要が生まれてきます。

み仏を思い浮かべると、み仏の教えに従って正しく生きることが簡単に出来るようになるから不思議です。世間の評価や非難など物の数ではなくなるのです。

自ら考えて正しいと思えることを敢然として行える勇気と実践力が持ててしまうのです。

老子の言葉に

――自ら顧みて直《なお》くんば千万人といえども我行かん。自ら顧みて直からざれば、千万人といえども我行かず――

というのがあります。人の批判や称賛に動かされる事なく、自己を主体とし、自ら考えて正しいと思うことはどんなに非難されてもやり抜くし、人にどんなに勧められ称賛が待っているとわかっていても、正しくないと自ら判断したら決してやらないというのです。

この場合の自己は物事を正確に判断し得る知性を持ち、己こそ己のよるべとの釈尊の教え通りに自己が確立していなくてはなりません。そうでないとただ単に、わがままの押しつけになってしまいます。

そこでみ仏を念じ、み仏の前に私利私欲に振り回される自己を投げ出しますと、自然に我が儘《まま》な思いが消えてしまいますから、判断を誤ることがありません。しかもやるべきことをやりぬいてゆく勇気ある生き生きとした毎日が作り出せるのです。

ですから何事も自己の確立、自我の自覚、真の自己発見がなされて初めてできることですが、その自己の確立がみ仏を念じることで簡単にできてしまうのです。

頭の良い方は一生懸命に勉強したり、考えたりして心を澄ませ欲に振り回される自己をコントロールして悟りの境地に達しますし、すぐれている人は苦行したり、多くの先師に教えを乞うたりして悟りの境地に達します。それ以外の人々は法然上人や親鸞聖人のみ教え通りみ仏を念じることで一足飛びに悟りの境地と同じ心豊かな、正しい生き方が出来てしまうのです。

学生時代とは自己発見の時間や、基礎学力をつける時間が保証されている輝かしい期間です。

でも若い時はあっという間に過ぎて行きます。うかうかと若さを失うことなく若いうちに人として一番大切な基本的なこと、なぜ生きるのか、どう生きたらいいのかを真剣に考え尋ねてもらいたいと私は願います。そうすることでその学生の人生がどんなにすばらしいものになるかを思わずにいられません。

私には力がなくみ仏の教えのすばらしさを伝えることができませんが、どうかだまされたと思ってみ仏の教えを尋ねてください。あなたの人生が輝くこと請け合いです。

かって私は自分が世の中で一番不幸だと思っていましたが、み仏の教えを知ったことで私の生活している状況も何も変わらないままでこの上なく幸せになり、病いであろうと非難であろうと、死であろうと、何があろうとも揺らぐことのない安らかな世界に生きていられるようになりました。限りなく幸せになれたのです。み仏の教えの真髄に耳を傾けさえすればあなたも本当に幸せになれるはずです。そして本当にすばらしい教えがあなたのそばにあるのです。

自然と人間

自然は人間のために存在している。人がどのように自然を使おうと破壊しようと勝手、といった情けない世の中になりつつあります。というより自然は大切と知っていても経済なくしては生きられないので、経済生活のためには自然を犠牲にしてもやむをえないと考える、このあたりに現代社会のあらゆる病根があるような気がします。

人間は自然界の中で飛び抜けて特殊なすぐれた存在であり、自然は人間のためにあるとの勝手な発想が自然を思うさま利用しようと考え、海を汚し、渚を埋め立て、川をむやみにせき止めて不必要なところにまでダムを造り、土に帰ることのない不自然な物質を作り出し、地球を病ませ、地球の体調を崩させています。

人間ももちろん自然の中のひとつの生き物にしか過ぎないのですから、この高慢なものの考え方は地球最後の日を早めるだけです。

自然の前での謙虚さを失ってしまった人間がものを考え、ものを造り出せる能力があるだけに始末におえません。

例えば現在地上に存在する核を全て爆破させるとわずか三十分で地上のすべての命が死滅するという学者もいるくらいですから、人間とは地球にとってこの上ない最悪の存在であるといえそうです。

人間は人間が一番すばらしいと思い込んでいるのですが、自然界にとっては一番始末の悪い病原菌のような存在が人間であって、地球自体は人間の営みに心をいためているかも知れません。

人間はあくことなく森林を伐採し、オゾン層を破壊し、地球の持っている生態系を崩し、やれスピードだ、やれ金だ、名誉だ、自分の心地よい生活だ、私だけは大事にしてほしいという福祉だとか目を覆いたくなってしまうほど我利我利亡者となりはてています。

実際人間は、地上のどの生物とも同じ限られた命を与えられた生き物であって、この地球も大宇宙も人間のために存在しているのでないことは当然です。ですから地球を大切に、とか、地球にやさしく、などというのも地球と共存などというのも人間が思い上がった言葉でおこがましいと私は思います。

人は自然に学び自然にひれ伏して自然と共に生かして頂くのでなくては危ないと思うのです。

慈愛に満ちた言葉

慈愛に満ちた言葉というのは人に生きる勇気を与え、自信を与え、やろうという気持ちを起こさせる言葉と言い換えることができるかもしれません。どんなに丁寧でも上品でも、そういう表面的なことと慈愛に満ちた言葉とは関係ありません。

例えばやさしい言葉が大切だからといって相手が駄目になるほど甘やかしたり、人間不信に陥るほどお世辞たらたらだったりすることは、愛語を正語をと説く仏教の教えに反した自分さえよく思われれば相手はどうなろうとかまわないという愛のかけらもない言葉です。

相手を生かす言葉はただただ相手の言うことを聞いてうなずいているだけのこともあれば、文字通り、やさしくほほえみかけ話しかけることもあり、時に

は、

「甘えるな」

とか、

「わがままもいいかげんにしろ」

と激しく叱ることもあってケース・バイ・ケースで一概には言えません。生きている言葉とはそういうものです。

こんな話を聞いたことがあります。

親がうちの子はとてもいい子だと信じ込み、自分の思いを子供に押しつけるものですから、子供は親の期待にはずれないよう親の思いどおりに一生懸命生きていたというのです。

もちろんその子は、自分でものを考えず、親の顔色をうかがっていますから親にも先生にも子供のころから叱られたことのない良い子として生き続け、ひ弱な人間として育ち上がります。

その人が青年期に気が変になったというのです。要するにその子の親は世間体ばかり気にし、その子が本当に満足しているか子供らしい無邪気さを持って明るく生きているか、一度しかない子供時代が子供として幸せかなどまったくお構いなしで、いい子ですね、良くできますね、などと人にほめられて自分が優越感に浸ることだけを良しとしたとんでもないエゴイストで、子供を愛する能力のかけらもなく社会を愛する能力もない親だったため、社会と真正面からぶつからなくてはならなくなったとたんに抵抗力のないその子は、おかしくなってしまったのです。

ですからその子の親に猛反省を促そうとして、

「子供さんの頃から叱ったことがなかったそうですね」

といいますと、

「ええ、それはもう本当に良い子だったのですから」

と得意げに答えるのです。

子供が親に何の反発もできないほどがんじがらめに縛りつけ、自分のおもちゃにしておきながら自分の過ちにはまったく気がつかず、子供がおかしくなったのは先生が悪いの友達が悪いの社会が悪いのと考え、自分や自分の子供に原因があると考えないのです。

しかも子供が駄目だとなったら今度はあっさりその子を見捨てて自分のこととして悩むこともなく精神病院へいれてしまったり、状況によっては少年院に入れてしまってたずねようともせず、自分は親として間違っていたなどとは決して思わないのです。

子供の心の苦しみにも、自分以外の人の心の動きにも気付かないのです。

ですから、慈愛のこもった言葉とは、それを聞く相手の方の置かれた立場や精神状態によって違った言葉になることは当然で真に慈愛のこもった言葉を話すためには、話し手が大人になり、相手に何一つ求めず、相手を受け入れることができなくては叶いません。

しかも相手に何も求めず、相手に最も良い言葉を言うためには、こちらの心が満ちていなくてはなりません。

いつどんな場合にも心が満たされているには、無条件で限りなくやさしく降り注いでいるいつくしみに自分が包まれている、と知っていれば十分に可能です。親鸞聖人の御臨末の御書に

一人居て喜ばは二人と思うべし
二人居て喜ばは三人と思うべし
その一人は親鸞なり

があります。この御書の言葉を信じ親鸞聖人が常に共にいて下さるとの思いでいますと、心は無限の愛に包まれているのですから、人に求める何もなく、人としてできる限りの慈愛のこもった言葉がかけられるようになるのです。

共にいてくださる親鸞聖人に合掌する、そのような心を持った人はどんな場合にも間違いなく慈愛に満ちた言葉が言えるのではないでしょうか。

人のために尽くす

私たちは生きるために魚であれ豚や牛であれ、米や麦であれ、菜や果物であれたくさんの大切な命をいただいて自分の命をつないでいます。

いつも平気で食べていますが、たくさんの命をいただいて、自分を生かしてもらうのですから食事の度に『いただきます。大切な命を』との感謝の思いを込めて合掌するのは人として当然なことです。

たくさんの命の恵みをいただいて生かされている私なのですから、少なくとも無理のない程度にできるかぎり人様のお役に立つよう世のため人のため大自然のために生きるのは当たり前です。

人のために生きるというよりは人の役に立たせて頂くというか、役立つことを喜びとして行動しないと、頭を下げてまでやってもらいたくないという人もいるのですし、善意のつもりが相手を傷つけていることだってあるわけです。人の自尊心を傷つけたり、人を苦しめたりする権利はこちらは持ち合わせていないのですから、その危険を冒さないためには、いつでも一歩下がって生きる謙虚な気持ちを持ち続けることが間違いを生まないのです。

もちろん一歩下がっているとそれをいいことにして土足で家に上がり込むように、一歩下がっている人をなめてかかり、馬鹿にするような態度をとる人もいます。でもいいのです。こちらがどんな場合にも一歩下がって、愛語を、正語を、正しい行いをと心がけていれば認められるためにやるのではなくても、やがてその土足の人も気がつくかも知れません。

常不軽菩薩は、道で行き逢うどんな人も尊いみ仏の化身と拝んだそうです。私にはそこまでのことはできません。誰にでも清らかな無限にやさしい思いがみ仏から分け与えられているとは知っていても、その人のものの考え方やら環境やらで悪いところばかりが出てオウムのサリン事件のように人を平気で不幸にし、世の中を暗くしている人がたしかにいるのですが、そんな人まで拝むことはできません。

が、芥川龍之介は『蜘蛛の糸』で一度だけ蜘蛛を踏みつけないよう気をつけて歩いたというその小さな善行で、み仏が地獄から浄土へその人を救おうとした話を書いていますが、どんな些細なことであれ良いことをしよう、悪いことはすまい、儲かることよりも人様を大切にすることを心がけて……といった思いを持って生きるだけでも人生がかなり変わってくるはずだと思うのです。

要は無理しない程度に、できたらいつでも人の役に立つ人でありたいとの願いを持って生きていれば人生そう間違うこともないし、孤独地獄に陥ってこの世を恨むなんてこともなく、またもう駄目だと行きづまってしまうこともないはずです。人に尽くすゆとりも体力もないと考えるのは自己中心的です。体がまったく動かなくても、笑顔で人と接し、話に耳を傾けることくらいできるのですから、要は心の持ちようです。

個と全体は車の両輪

個の集まったものが社会ですから社会を作る一人一人が豊かに生きられたら住みよい社会が作れます。

私がもしこの地上にいなければ私にとって社会も何もないのですから私という個人から考えるかぎり個が基本です。しかし、一人一人が豊かに生きるには個的に考えなければならない問題と、社会全体の立場から考えなければならない問題とがあり、その両方が車の両輪のようにうまくいって初めて一人一人の豊かな生活が成り立ちます。

同じ理由で学校が面白くない、楽しくないという前に、学校や学級を楽しいところにするための努力を自分がしているかどうかが問題になります。

毎朝、どんな友達にも明るく、

「お早う」

「桜の咲き出したのに気がついた」

などと声をかけるだけでも、全体が明るくなってきます。

自分が明るくなることで自分の回りも明るくなるのです。自分が学級という社会を照らす明かりとなり、光源体になると、自分も学級も明るくなる。ということは個と全体は車の両輪であるということです。

ところで個が豊かに暮らすにはまず健康が大切な条件です。心身共に健康に過ごし、高齢になれば枯れ木の折れるように何の苦しみもなくこの世と別れることができます。

もし多くの人がそう出来れば高齢化社会の抱える介護とか家族間などの多くの問題は殆《ほとん》ど解決してしまいます。

この意味で一人一人が健やかに生きることは個のため家族のためであり、医療費、介護費、年金などなどたくさんの問題を抱えている社会全体のためでもあります。

もちろん家族全体が健やかなら親も子も誰もが自由に学び働き、考え、楽しむ時間に恵まれます。このように個と全体は切り離せないのです。

それに人は誰でも健康でいたいと願っていて、誰一人として寝たきりになって家族や世間に迷惑をかけたいとは思っていませんし、自分も苦しみたくないと思っています。しかしなかなかそういつもうまく行くとは限りません。

また普通の家庭では、親は元気なものと思い込んで子供はまるで王子様やお姫様のように生活し、手伝おうともしないし、感謝もしないのですが、たまに親が病気にでもなれば、家の中の生活のリズムが狂って大変です。そうなってはじめて親のありがたさがわかるようになるのですが、それでは遅いのです。

親が倒れてしまう前に、親が健やかでいられるよう子供も心配りをする。すると、親も子供に一生懸命尽くそうとする。

それが望ましい親子関係です。親子でもお互い様なのです。み仏ならこちらが一方的に愛されるだけ、み仏は愛し続けるだけでいいのですが、人間はそれでは疲れてしまいます。

子供を自分のストレスのはけ口としていじめる親は、人間として最低で、人を愛する能力もなければ、弱いものいじめをする弱者で、子供を産む資格などない人非人です。言葉を換えれば、自分を無限にやさしく包んでいるみ仏の愛に目をふさぎ見ようともせず、わがままで自己中心的でイライラして、大人になり切れてない『ことな』というしかない人です。

そんな仕方のない親の一日も早い精神的自立を願うしかないのですが多くの場合、世間では親のありがたみを子供がわからないからたまには病気になった方がいいという声もあります。しかし、それもほどほどがいいのであって長患いは家の中が灯が消えたように暗くなってしまいます。

とは言え、人は望みどおりに病気になれるわけでもなく、一人一人の望みがみんな同じわけでもありません。

とにかく人はいつ病気になるかわからないのですから日々気をつけて健やかに過ごし、病気になったら早いうちに覚悟を決めて休み、回復を待つことです。ところで健康とは何でしょうか。ＷＨＯ（世界保健機関）では次のように規定しています。

『健康とは身体に病気がないだけでなく、体が弱くないだけでなく、肉体的にも丈夫でしかも精神的にも健やかで社会的にも健全であることである』と。

『健全なる精神は健全なる身体に宿る』のことわざ通りで心が健康なら体も健やかになるのです。そして心身が健康なら社会的にも健全な活動ができるのです。

しかし世の中には生まれつき体の弱い方もいれば、事故などで障害者になられた方もいます。ですから健全な体というのも絶対の条件ではありません。筋ジストロフィーの明るい少年の話を前に書きましたが病身などは健やかな心でカバーすることが出来ます。

それにいつもは明るく優しい心でいても、何かつらいこと、思いもかけないマイナス的なことがあると人の心は動揺し、暗くなるものです。しかし暗さを人に伝える権利は誰もありません。つらさ、悲しさは自分のものであって人に押しつけるものではないからです。

ただ人が少しでもわかってくれ、励ましたり、やさしい言葉をかけてくれたりしたなら心から感謝し、反対に、人が悲しみにうちひしがれている時にはやさしさで包んで上げられるそういう人になっていたいものです。

とにかく人の弱さを知り、事実を素直に受け取る賢明さを持った上でその弱さにうなずくやさしさのある人になりたいものです。

身体の健康

身体の健康を保つために何をどれだけ食べたらいいいか、体をどのように、どのくらい動かしたらいいか、といったあり方は神経質すぎると思うほど頻繁に報道されています。

が、自分にあった健康法がわかったとしても、それを実践し続ける意志があるかないかが問題です。十分のテレビ体操であれ三十分の散策であれ継続しなくては健康保持の方法を知っていても意味がありません。

なまけ心を保存させては長生きはできないのです。

それに柔軟な心も必要です。健康法としてやると決めた以上休むことなくやり続けるのが原則ですが、しかし、何が何でもやるというのも困りもので、病気になったら休むことが必要です。何事であれ無理をすることは、なまけることと同じように禁物です。

ということは健康保持にも己を知り、正しく生きよとの釈尊の教え通りの生き方が大切だということです。

心の健康

流れる川には自然浄化作用があっていささかの汚れなら浄化してしまいます。しかし、汚れがその浄化作用を上回りますと、川は濁り、悪臭を放ち、ついに死の川となってしまいます。

人の心も川と同じで、余りにもストレスをため過ぎて自己浄化力を超えてしまった時には、心が本来の活力を失って病気になったり、犯罪に走ったり、無気力になったり……といった病的な行動を呼び起こしてしまいます。

しかし、同じストレスでも心に弾力があればかなり耐えられます。

「何の、こんなことくらい」

というふんばりや、

「憂きことのなおこの上に積もれかし　限りある身の力ためさん」

と詠んだ山中鹿之介のように、

――苦労が来るというのならもっともっとどしどし来ればいい、立派に耐えて見せてやる。――

といった開き直りや、相手を思い遣《や》るゆとりを持っていれば相当なストレスでも負けません。

「わが身をつねって人の痛さを知れ」

ということわざがありますが、ともすれば自己中心的になりがちな自分の心を顧みて、人さまの痛みを思い、人さまを理解しようとするやさしく柔らかなみずみずしい心を常に呼び起こしておきたいものです。このみずみずしい心はストレスに強い心です。

たとえば思いもしない難病になったとか、事故にあったなど、どんなに不合理に思える事でも、

――私にはこの方がいいというみ仏のみ心と思って受け取ろう――

と合掌して受け入れるそんな心があれば、それを忌み嫌い、そのストレスから逃げようとする心よりはるかにストレスが小さくてすみます。

このことからも、仏を念じて生きるあり方とはストレスを最小限にとどめ、どんな物事も素直に受け入れて、善処する強さを持つ在り方です。

このように物事を自分中心に考えないで視点を変え、仏を念じて生きる生き方は実生活に最も強い生き方です。

一芸を身につける

江戸時代の教育は文武両道と一芸を身につけることでした。学問とスポーツと芸です。一芸を身につけるとはその人なりのストレス解消法を身につけることともいえます。

どんな習い事であれ初めはつらくても基礎をしっかりたたき込めば、三昧《さんまい》に入ることができます。が、そんな最高の境地に達することは無理でも何となく楽しいとか、好きになるくらいまでは誰でも到達できます。

そこまで行けば楽しみごとのない人より何倍も人生を豊かに生きられます。たとえ落ち込むことがあっても静かにレコードを聞くとか草の種類を調べるとか、何でもいいのですがそのことをやっていると何もかも忘れて熱中出来る時間がもてるのですから、やがて落ち込む原因を落ち着いて違った角度から見直すことが出来、それによって生き生きと生きる活力がみなぎってきます。

人は誰でも心が躍るほどの喜びに合えば合うほど気力は充満し、生きようとするエネルギーが湧き起こります。

ですから何事にも興味を示し、好奇心が強くやる気十分の人ほど長生きしますし、気力が衰えてしまった時、生きようとする力が乏しくなり死に近付くとも言えます。

ベートーベンは耳が聞こえなくなっても作曲しました。このように聞こえなくなっても音が楽しめる境地まで行くことが三昧の境地に達したということです。

実際、もし、目が見えなくなっても、耳が聞こえなくなっても、手足が動かなくなっても、何かを楽しめる人になっていたらすばらしい。

何でもいいから、人で楽しめることとみんなといっしょに楽しむこと。

外で体を動かして楽しむことと、家で静かに楽しむこと。

というようにいろいろ楽しめるものを日ごろから心がけて持っていれば、たとえ寝たきりになっても明るくしていられ、病とかつらい事とかに真っ向から向き合っていけるというものです。

生き甲斐を見つけるも見つけないも、楽しく生きるも不平不満でいっぱいになって生きるもそれを選んだ本人の責任ですが、ただどのように生きようとも誰もが気がつきさえすればみ仏の手の中、慈悲の光の中なのです。

ところで昔の人は六十の手習いということを言いました。今ならさしずめ八十の手習いということでしょうか。人間いくつになっても向上心を失ってはならないのです。向上心をなくすということは一か所にとどまることです。水なら流れなくなれば腐ってしまいます。そのようにこの世は常がないのが生き生きとした状態であり自然なのですから、心を固定させず常に流れ続ける水のように活動しているのでなくてはみ仏の教えに反します。

若い人が日々新たに学び、己の心身を成長させることも、固定せず、活動し続ける自然の状態であり、生きている状態です。屍は固く動きをやめてしまっていることを思い出せば、常に変化する無常の事実に反するものはこの世に存在を許されないことがわかります。心を固定させてしまっても、生き生きと活動している社会からは疎外されてしまいます。心も体も柔軟に植物が光りのある方に芽を出すように、人も自分も本当の意味で幸せになれるように生きて行くことが、無常に生きるということです。

ですから年齢に関わりなく人は常に向上心や好奇心を持ち続け、一人でも多くの人が幸せでありますようにとの願いを持ち、その願いを現実のものとするために努力を惜しまず、学生ならしっかり勉強して自分の本分を尽くす、社会人なら自分の置かれた場所で損得を考えず、しかし人を傷つけないよう柔らかな心を持って出来る限りの努力をする、そして学んだり、努力出来る幸せに常に感謝する、そういう生き方が報恩感謝の生き方です。

遊びごころ

遊び心というと難しそうに聞こえたり、軽薄に聞こえたりしますが要は、どうしたらより楽しめるか、と工夫する心のありようのことです。ゆとり心のことです。

どんなことがあっても行きづまってしまわない心の弾力のことです。

苦しいこと、つらいこと、切ないこと、嫌なことなどがあって心が沈みがちになってしまう時に、

「何でもどんと来い」

と胸を張れる活力ある心のことです。

どんなことであれ、どうせなら楽しんでしまった方がいいに決まっています。

「私ってつらい時にどんな顔になるのかな」

と鏡をのぞき込んで自分を客観視する、こんなゆとりがもてれば、良い試案も思いつくというものです。

日本には昔からだじゃれとか狂歌、狂言などがありますが、このような笑いの世界もゆとり心の生んだ庶民の知恵です。

苦しみはそのままで、しかし心の片隅にわずかであれ、苦しみもなかなか味なもの、嫌なこと、納得の行かないことがあってかえって世の中バラエティに富んでいておもしろい、というほどの遊び心を持てたならこの世に怖いものなんてありません。

それでもどうしても悲しかったり、落ち込んでしまったりしてしまう時、私なら合掌します。

私の場合は絶対の真理である法の光りに包まれている、すなわち仏の慈悲の光の中、と感じながら合掌していると不思議なことに次第に心がぬぐわれ安らいできます。

悲しみや悔しさは時に心の奥底に沈んでいるのですが、それにとらわれて自分で自分をコントロール出来ないほどかっかしたり、何をどうしていいかわからないような興奮気味な状態になったりすることはまずありません。そして、いつの間にか鈍く心の底に沈んでいた暗い思いもよどみも取れてしまいます。

私にすればゴータマ・シッダッタというすごい人が私より先に生まれ、すでに真理を達見し、生きる指針を示して下さり、心ある先人により釈尊としてあがめられ私にまでその教えを伝えていただけたと思うだけで本当に幸せで心が安らいでしまいます。

心が安らいでいるのですから、人様や世の中に不平不満を持つこともなく、あたたかな思いを失わず、どんな時にも良い思案が浮かぶってものです。こんなありがたいことはありません。

ですから釈尊を思い、その教えに生きた人々を思い起こすことが健やかな遊び心、ゆとり心を息づかせるそんな作用をしてくれるのです。

プラス志向

何かことが起こると、人は悪く悪く考えがちですが、悪く考えても良く考えても事実は変わりません。

というより場合によってはよく考えたために対処がうまくいき、もの事が良い方に動き出すこともあります。

日本古来の言霊信仰も一理あって、言葉の霊力を信じて生きることは生活を明るくします。なぜなら良いことだけを口にしていれば、例えば間違っても人の悪口を言わないよう、常に人の良いところを見つけ良いところと交流するようにしていれば、心も明るくなるし、人を傷つけることもないので、良い人間関係が生まれるに決まっているからです。

言葉くらいとばかにはできません。実際明るい言葉を口にしているためには、心を明るく保ち、物事を明るく受け止めるように心がけることが必要です。

〝どうして私ばかりが不幸なの〟

という考え方でなく、

〝この程度のけがでよかった〟

〝この程度の被害で良かった〟

〝命に別状なくてまずまずだった〟

というように考えるのです。

本当のやさしさに裏付けられた心のこもった言葉だけを口にして生きるためにはやさしさ、正しさと共に強さも必要です。

例えば、自分のイライラを人様にぶつけるようなわがままな自制心のない人は美しい言葉、良い言葉だけを口にし続けることなど出来ません。

例えば人に耳の痛い聞きにくいことを言わなければならないことがあっても、人の弱さへのうなずきがあり、やさしさがあるのですから正しいことを正しいということで人を傷つけることはありません。

ということは常に人にやさしく出来る強さ温かさのもてる自分であるように自分を怠ることなく磨かなければなりません。

この意味でみ仏の教えのひとつである和顔愛語《わげんあいご》だけを終生守ることも大変なことです。

ところで葵《あおい》の花はどこに植えても必ず光のある方に花を向けるそうです。そこで徳川家康は、

——物事を明るく考えよ。光りある方に向いて生きよ——

と子々孫々に教えるために家紋を葵の花にしたのだそうです。

とにかく事実は変わらない以上、物事を明るく良く受け止め、善処した方が自分も周りの人々も幸せってものです。

あるがままを合掌してうなずく、ということは、このようなプラス志向が自然に出来るようになるすごい妙薬なのです。

自分中心に物事を見ていたのを視点を変えて大自然の方から物事を見ることが出来るようになるということです。

言い換えれば、真理の方から自分を見るという難しいことを合掌することで魔法のようにさりげなくやってしまえるのですから不思議です。本当かどうか一度合掌し心を静めて物事に向かってみて下さい。何事もとてもうまく行くはずです。

事実を確かめて

四十歳の初め頃私が『万葉の悲歌』という本を出した時、大学時代の先生からはがきが届きました。

――本を読んだ。発想はいいし、読みやすい。あなたは作家としてやって行けるだろう、体に気をつけて頑張るように――

といった励ましの温かい言葉が並んでいて私は嬉しかったのですが、お礼の手紙を出しませんでした。

というのは励ましは嬉しかったのですが板書のとてもきれいだった先生の字が小刻みに震えていたので、お酒を飲んで書かれたと思い嬉しさが半減してしまったのです。

それから一か月ほどたったある日、その先生が亡くなったという知らせが届きました。先生は脳溢血で二か月も前からご不自由になられていたというのです。

不自由な体で全身の力を込めて私に葉書を書いてくださり、励まして下さったと知った時、私は泣けて泣けてたまりませんでした。

事実を確かめもしないで自分の判断を押しつけることがどんなに危険か、この時私はいやというほど知ったのです。

もの事は軽はずみに判断したり、自分の解釈や思惑を押しつけたりしないで事実がわかるまでじっと待っているほかないのです。そして事実を知った上で判断を下すしかないのです。

慌てたり、思いこみで行動したりして、あとで間違いだったと知っても、私の場合、もうあの世に旅立たれてしまわれた先生にどう謝ればいいのでしょう。私はただ先生を思い、合掌することしか出来ませんでした。

み仏はあきらめることを教えています。すなわち、『明らかに見る』ことを教えています。

己の心を野放しにせず、用心深く生きてはじめて過ちなく生きられるのです。が、その手始めとして事実をありのまま正しく見通すこと、あきらめることを教えています。

とはいえ人に過ちはつきものですから、過ちをしてしまった人を過度にとがめたり、責めたりせず、み仏の前にありのままの自分を投げ出して許されて生きるしかありません。

もちろん反省は十二分にするのですが自分が立ち直れないほど自分を痛めつけてしまわず許されて生きるのです。

許されて生きているから、どのように生きていても毎日がありがたいと思えるのです。

四章　自らの思いを浄める

——自《じ》浄《じょう》其《ご》意《い》

思うようにならない世の中

自分の思いどおりにならないからと腹を立てる人がいますが、とんでもないわがままです。

仏教ではこの世を苦娑婆《くしゃば》といいますが、一見マイナス的な見方のようでありながら、その実この上ない知恵です。

といいますのはこの世の中を苦娑婆と決めてかかれば、ちょっとした人のやさしい言葉が嬉しく、明るい日差し、小鳥の鳴き声が懐かしく、道端の花がとてもきれいで……と何気ないことが何ともすばらしく感じられます。

苦娑婆なはずのこの世がまあ何て美しい花が咲き鳥が鳴いて、人々は笑顔で挨拶してくれるし……。と、当たり前と思ってしまいがちなことに感謝する豊かな心でいられます。

このような心の持ちようで暮らしていればストレスのたまりようがありません。

逆にこの世は楽園と思った場合は、楽園にいるのですから、自分は幸せで当たり前ですから、ちょっとした嫌なことがあってももう不満でいっぱいになり不平を言って自分も周りの人々の心をも暗くしてしまい一度しかないせっかくの人生が台なしです。

このように自己中心的で、自分が大事にされ、幸せで当たり前という発想の人は、ほんの少しでも気にいらないことがあればストレスがたまりにたまってしまい気の毒というしかありません。

若い日、私は『懺悔《ざんげ》の生活』（大正時代のベストセラー）を書いた西田天香《てんこう》さんの一燈園を訪ねたことがありました。

案内を乞うや当番さんと呼ばれた方が私を道場に通し、

「どうぞ、ここにお座り下さい」

といわれましたので私は板敷きの道場の隅に正座しましだ。そしてそのまま何時間たっても誰も来ません。私のいることを忘れてしまったかのように……。窓の外が暗紫色に変わり、笹の葉の揺れも見えなくなり始めた頃、やっと先の当番さんが入ってこられて、

「どうですか」

と声をかけて下さいました。

しかし、板の間に何時間も正座させられていた私は足の痛みに耐えるだけで精一杯で、声も出ないのです。

すると、当番さんは、

「足が痛むでしょう」

と微笑され、

「足はあなたの体の一部ですよ。体の一部の足さえあなたの思いどおりにならないのが現実です。

考えてみて下さい。自分の足さえ自分の思い通りにならないのに、どうしてあなたのご両親や兄弟、あなたの友人や知人が思いどおりになりましょう。まして世の中があなたの思いどおりになりましょう。思いどおりにならないのが当たり前なのです。もし人が、あなたの思いどおりに動いてくれたら、それは大変な好意なのですから深く感謝しなくてはなりません」

と言われました。

足が痛かったこともあってこの言葉は私の身に沁みました。

自己中心的な発想の根深さを知らされたのです。

この世を苦娑婆と覚悟が出来ず、幸せでいたい、望みが通ってほしいと思っていたのです。そんな私が、思うようにならないのが当たり前と身に沁みて知ることで、日常がとても楽になりました。わがままが消えるということは楽に生きられるということだったのです。

世の中の人を見渡してみますと、世のため人のためと思っていても実は自己中心的で自分が心地良いように動いているだけの人もいて、人間をとことんみがいてかからないと世のため人のための行為は危ないと思うことがしばしばです。偽善の偽は人の為と書くのですから。

かといって余り消極的になってもいけないのですが、とにかく日々心を磨かなくては心が曇り危ないということだけは確かです。

釈尊が息を引き取る前に『修業を続けなさい』と言い残したのは、このようなことに対する忠告であり思い遣りだったのでしょう。

ところで私がりっぱに修業を続け、過ちなく生きることなど至難の業です。私がその時正しいと思ったことを行っても相手の人にとって迷惑だったり傷つけたりすることもあります。私にできることはせめて自分に嘘をつかず、自分が誠意ある在り方と思えたことを行ってその結果はなるに任せることです。善かれ悪しかれ、その結果はただ合掌して受け取って行き、結果が悪ければ許していただくしかありません。

このように合掌して生きるとは無気力に、気安めに生きることではなく全力を尽くしながらなお足りないところは許されて生きるということです。

思うようにならないのが当たり前と思えれば、人や世の中に勝手な要求を押しつけることなく、あるがまま、なるがままを受け止め、安らかに感謝して生きる事ができるようになります。

このような生き方で自然破壊に参加するはずがありません。悪かったと気付けばすぐに止めるあり方も合掌して生きる生き方です。ですから人類の自然破壊や環境汚染や拝金主義などなど誰もが間違いだとわかっていることは止めるよう努力することも、合掌して生きる生き方の一つです。事実を確認し思い通りにならない世の中とはっきり見極めたその上で正しく生きるのですから、世の中の過ちについては断固ノーを言うことも、合掌して生きることであり許されて生きる生き方です。

微笑み

中国の敦煌《とんこう》、雲崗《うんこう》、龍門《りゅうもん》は尋ねていましたから四大石窟のひとつ麦積山《ばくせきざん》の仏像を拝見出来る旅に出た時は喜びで一杯でした。

その時、麦積山のどの仏さまも限りなく優しい微笑みを浮かべているのに深く感動しました。

いつでもどこでも微笑みを持ち続けるには、強い愛と打てば響くように対処できる心のゆとりと洞察力とを持っていなくては不可能です。

常に微笑みを失わない心は健康な心です。

人が自分にもたらす災いにまで微笑みをもって対処できれば人生の達人ですし真の勇者です。

――それって馬鹿じゃあないの――

といわれてしまいそうですが誠実に生きるとは功利や損得に執《とら》われないで生きることであり、別の言葉で言えば損得を計算せず愚になって生きること、微笑みを持ち続けることです。

微笑とは、無気力、ことなかれ主義、面倒なことを逃げる意気地なしの軽薄な笑みを浮かべてのその場ごまかしとは違います。

相手がどんな立場の人であっても、損得を考えずに、その間違いを正す強さが微笑の中にあります。もちろん間違いが正されさえすればいいのですからその結果や自分へのマイナス的な影響などは問いません。

たとえ自分が満足できない結果であろうと、その結果も微笑んで受け取り、更に真心をこめて善処し努力するのです。

微笑みの中には時には相手がわかってくれるまで許さない強さもあります。罪を憎んでその人を憎まずの愛の心があるため強くなれるのです。

例えば公害を生む人間の弱さを微笑みを持って受け止めながらも、しかし公害は許してはならないと、公害に立ち向かう強さが微笑みの中にはあります。

人を、世を愛してやまないが故の微笑みですから、より生きやすい世の中にするよう自分の利害などかえりみず、一人でも多くの人が本当の意味で幸せになれ生き甲斐がもてるように努力できるのです。

このように愛故の強さをもてるみ仏の微笑みをわが身の内に、と誰もが願えたらどんなに住み良い世の中になることでしょう。

「も」と「しか」

Aさんは、

「ああ、ありがたいことだ。一万円もある」

と思い、Bさんは、

「どうしよう一万円しかない」

と思いました。二人とも同じ一万円を持っているのですが、心のゆとりがまるで違います。

締め切りとかテスト日でも、

「あと一日しかない」

と思うのと、

「あと一日もある」

と思うのとではゆとり心がまるで違い、焦るだけで手が付かないか、落ち着いてできるかぎりの努力をするかの大きな違いを生んでしまいます。

事故に遭っても、

「この位の怪我で良かった」

と思うのと、

「どうして私ばかり、こんな目に遭わされるんだろう」

と思うのとでは、同じ程度の事故でもかなり開きがあります。

とにかく何事も良いように良いようにと考え、感謝できるように自己をコントロールすれば生きている毎日が豊かになります。

大やけどした野口英世のお母さんは、英世が囲炉裏に落ち、やけどしてしまった時、

「命に別状なく助かってよかった。おかげさまです」

と感謝したそうです。もしも、

――せめて指が動く程度のやけどだったなら――

などと考えたら、それはないものねだりで、わがままです。このように事実をうなずかないところからは不平不満、恨み、ねたみなどマイナス以外の何も生まれません。

前に合掌して生きると書きましたが、合掌するとは事実に注文をつけずにありのままにうなずき、どんなことであってもありのままを受け取ってそこで善処することです。

繰り返しますと現実のありようを不平不満で埋めてしまわず、あるが儘を素直に受け止めプラス思考する、そのような強い弾力のある心を持っていればこの世に怖いものはありません。

野口英世のお母さんの強い心が、指が動かないという不幸をかえって活用し、世界に輝くりっぱな医者に育て上げたのです。手術して動くようになった自分の指を見た英世が、「医学は素晴しい。自分は医者になって人々につくそう」

と決心した背景に、お母さんの生きざまがあったのです。

この「……しかない』とのマイナス思考を『……もある』とのプラス思考に変える力が野口英世のお母さんの場合は観音信仰でしたが、私の場合は親鸞聖人など偉大な先人の教えに心から頷いた自分を思い出すことです。すると、ありがたいことに自然にプラス思考が生まれてくるのです。

嫌な人とはこちらの影？

どんな人にも必ずいいところがあります。「嫌な奴」との思いは自分の勝手な思いを相手に押しつけ、相手の良いところを見ようとしない時に起こります。相手のあるがままを素直にうなずけば百パーセント嫌な人なんて一人もいません。

もちろん一方的にしゃべり過ぎる人、話題の暗い人、粗野な人などいろいろいますが、よく見ると必ずいいところがあります。とはいえこちらも仏様ではありませんし、いつでも誰でも快く受け入れるには限界がありますが、自分も人も完全ではないといつもいつも思い返す必要があります。

で、嫌な人と思うのはこちら側にも問題があると知りながらも、嫌だとどうしても思う人にはできるだけ近付かないことです。嫌だと思いながら会うのは疲れます。

無理は禁物、会わないでいられる間柄なら疲れる相手に無理してまで会う必要はありません。

ただどうしても嫌だと思う人が同じ屋根の下にいる時の不幸は大変なもので、仏教では怨憎会苦《おんぞうえく》といってこの世の中の八苦のひとつに数えています。

こんな時は無理にも相手の良いところを数え上げてみたり、自分の欠点を探してみたり……、とにかく緊張しないでとりあえず仲良くできるよう自分の方から折れて出るほかありません。そうすれば嫌だと思っている当の相手もやがて折れてくるものです。

相手の態度の多くはこちらの影、こちらのありようが映っている影なのですから。嫌だ嫌だでなく、明るく暮らせるよう自分で工夫するしかありません。

それもあまり無理して疲れ過ぎないように……。人が重大な失敗をする時の多くは疲れている時ですから。疲れは心身の大敵です。人生につまずく人が、

〝疲れ果てていた〟というのをよく聞きます。極端に疲れさえしなければ、人は判断も行動も過《あやま》たずに明るく生きていけるもののようです。極端に疲れないために思い出すといい話があります。

井上ひさし作『人間合格』の上演の中で話されたことなのですが。

逃げてきた強盗が山の中に明かりを見つけ、

〝あそこに住んでいる人を脅して今夜はあそこで休もう〟

と小屋に近付いていてそっと中をのぞいてみますと、木こりと妻と幼い子がとても楽しそうに粗末な夕食を食べている、その幸せそうな様子を見て強盗は、

〝こんな静かな幸せを壊してしまっては申し訳ない〟

とそっと小屋から離れ、次の朝、山の中で凍え死んでいたというのです。

この強盗のように人は誰でもやさしい気持ち、仏性《ぶっしょう》を持っているものです。

私たちは無理にでもこの仏性を相手の中に見て行きたいものです。

みんな旅人

遠い日の事、恋を知る年ごろなのに苦しくて恋どころでなかった私が、生きているのでなく生かされている、と気付いた時、長い間の暗黒の世界から一瞬にして解放されている自分に気付き、毎日が本当に生きやすく楽になりました。

私はこう思ったのです。

――この私はすべての天体と同じように生まれるべくして生まれ一定の期間を生き、死んで行く、無常の真理を宿したかけがえのない生命体である――

と。

『あなたももちろん生きていていいのですとも。大切な命を持っているのですから』

とのうなずきを知ったのです。

もしかすると私たちは一人の例外もなく、ちょっとこの地上にやって来ていろんな経験をして楽しんだり、悲しんだり何とも味わい深い毎日を生きて、命終わればみ仏の世界へ帰って行く旅人なのではないでしょうか。

旅人なら今日寝ることのできる宿のあることがありがたいのです。仮に山の中の一軒家で売店もない宿に泊まり、ご飯がまずいといって食べなければ空腹に耐えるしかありません。

この部屋は狭過ぎるといってみても代わりの空き部屋がない限り嫌なら野宿するしかありません。要するに旅人にわがままは許されないのです。

着るものも清潔でさえあればいいので箪笥一杯なんて要《い》りません。そんなに持っていては荷物運びばかりで旅を楽しむことができません。

旅先では学歴や肩書きなど何の役にも立ちません。どこの誰であろうとも同じ人です。

要するにあの世に持っていけないお金だの名誉だのが大事なのでなく自分の

魂と一緒にあの世に持っていける美しくやさしく楽しい思い出をたくさん作る事の方が誰にとっても大切なのです。

この世は旅先と考えれば、人間の計り知れない欲望を最小限に抑えることができます。

この世は旅先、み仏の国からちょっとこの世に旅に来てまたみ仏の国に帰って行くのだと思えれば、欲望をコントロールすることができます。

それに生きることも自然、死ぬことも自然と思えますから、生きて行く上で恐れる何ものもなくなりますし、死は死に任せるほかないとゆったりした心になれます。

そのように安らかな心を持って毎日、最善を尽くし、自分の本分と思えるものをなおざりにしないで周りの人々にもできるだけ気を配って生きるのです。

死んだらどうなるかとどんなに考えたところでわからないのですから、人間にできることは確かに生きている今を、旅の途上である今を充実することだけです。

今、自分らしく誠実に生きる。瞬間後の事はわからないからみ仏に任せて人間らしく今出来ることを誠実に行なう。

過ぎ去った過去は遠かろうがつい一瞬前の事であろうが、何だかんだといったところで取り返しようがありません。過ぎ去ったものに執着することなく水の流れのようにさらさらと生きる。ただ過ぎ去った過去にとらわれないといっても、過去の経験を生かして今を賢明にやさしさを持って、よりよく善処して生きる。これが人間が本来あるべき生き方であり旅人の生き方です。

生きるということ

今を誠実に生さるとは過去にとらわれず、未来を恐れず、今出来るかぎり清らかな心を持って生きることです。

今、誠実の限りを尽くしたつもりでも、結果が望みどおりになることもあり、ならないこともありますが、その結果は、状況がどうであったかどのように行動したかなどいろいろな縁が重なって現れるのですから結果はただ受け取るしかないのです。文句を言ったり、愚痴をいったり、弁解したり自分や人さまを痛めつけたりしてはなりません。

ですから、なるべくしてなった結果はそのままうなずく強さを持つことでその結果が次の飛躍へのステップとなるのです。このような在り方を合掌して生きる生き方というのです。

繰り返しになりますが、自分が何の努力もしないで人さまや不可思議な神の力を待つといった理屈に会わないなまけ者の在り方が合掌して生きることではありません。

ついでですが、他力本願とは、本当の自己を発見し、誠実に力を尽くして今を生ききる生き方のことです。自分が何の努力もしないで良い結果を待つとの通俗的な解釈は間違っています。自分は誠実に努力し、結果はみ仏に任せる、大自然の摂理に任せるということです。

要するに仏教徒は、

――私のようなものでも生かされていてありがたい――

としみじみ思うその心から湧き出す感謝の念故に、人として出来るかぎり誠実に努力しなくてはいられなくなるのです。

あなたも私もたしかに大切な命を持っている。この世に生きることをみ仏が見守っていて下さると知って感謝し、やさしく正しく生き続けることが出来るとも言えます。

言葉を換えれば、自分にとらわれ自分の欲にふりまわされている自分をちょっと横において、真理の方からものを見て生きる、大自然の摂理の方からものを見て生きる、すなわちみ仏の方からものを見て誠意をつくして生きる。この間違いのない生き方は、仏教の諸宗派すべてに通じる生き方です。

生命の躍動

こんな話を聞いたことがあります。

あるお医者さんのお嬢さんが死を前にして、

「お父さん。私は死んだらどこへ行くの」

と聞いたのだそうです。

そのお医者さんは仏教をよくは知らなかったけれど何かで聞いたことのある言葉を思い出して、

「死んだら浄土へ行くんだよ。とてもきれいなところだそうだ」

と言いましたら、お嬢さんは嬉しそうに笑みを浮かべて、そのまま息を引き取ったそうです。

それからお医者さんは浄土へ行くといって聞かせた時のお嬢さんの安らかな

笑顔が忘れられず、仏教の法話を聞くようになり、やがて生かされている身のありがたさを知り、ついに仏教徒になったということでした。

私の体験を言えば、全身を襲う激痛にあえぎ、耐えているうちに呼吸困難になって、

――ああ、もう息を吸えない。次に息を吸う瞬間私は死ぬ。死ぬってこの痛みから解放されるのだから救いだし、死ぬってすごく簡単なんだ――

と思ったことをはっきり覚えています。

激痛から解放してくれる死を救いと感じた私が助けられ今はこんなに元気です。死について考えたことのなかった人が、死を眼前にして、

――いったい自分はどこへ行くのだろう。どうなるのだろう。死とはなんだろう――

と思ったところでその回答を得ている時間のゆとりはありません。

実際私たちは、いつもはどこかで臆病になっていて死を真正面から見つめよ

うとしません。

いつか死ぬと知っていながら、その事実に気付かないようにし、お茶を濁した毎日を過ごし、迫り来る死の事実を見ようとしません。

少なくとも自分の死というように、自分に引きつけてみようとしません。そのために死を忘れていられるので、それは一時的な救いのように見えるのですが、実は単なる逃避にしか過ぎません。

死を見ようとしない生き方は生も見ようとせず、ただうかうかと時を送っているだけで『我生きてあり』の生の実感から遠い生き方です。

ですから無常の事実を見つめ、その事実にうなずき、認識することが本当に生きることの第一歩です。

無常を長い間の日本の文学が情緒的にとらえたり、一般には暗くてじめじめした陰気なことと考えられている向きがありますが、しかし無常とはもっと積極的で命の躍動を感じさせるものです。

例えばかわいい赤ちゃんが十ヶ月たてば誰もが歯がはえ、一年近くなれば、たいてい歩き出します。個人差にかなりの開きがあっても赤ちゃんは日増しに成長して行きます。

この成長は無常の事実です。

星々であれなんであれこの世の形あるものはすべて変化する、目に見えないものでも例えば人の心なども変化する、人にとって願うべきことであれ、回避したいことであれ、眼前のすべてのことは無常の事実を具現し、変わり続けています。そして人もいつかは必ず死ぬのですが、死んでどうなるかは一切わからないから人にできることは確かに手中にしている今を充実して生き、考えてもわからない瞬間後のこと、死後のことはみ仏に任せて生きることしかありません。

本当に念仏すれば浄土に生まれるのかと唯円《ゆいえん》という弟子に聞かれた親鸞聖人は、〝知らない〟と答えています。この聖人の科学性が私は好きです。

念仏すれば浄土に行くのかどうか知らないけれど、師、法然上人が念仏すれば浄土に行くといわれているからそのお言葉を信じるばかり、たとえ法然上人にだまされても法然上人にお逢い出来たことで豊かな日々に恵まれたのだから感謝こそすれ後悔しないというのです。

若かった私が聖人のこの、高僧と言われたければ決して口にすることのない心の内を表白するまっ正直さに驚き息を飲んだことを今でもはっきり覚えています。

気づけば無限の愛の中

いきいきと自己実現して生きられるとき、本当に人は自由になれます。

しかも大宇宙の理法のもとに自分は今生かされていると知ることは、大宇宙の理法が仏ですから無限の仏の愛に包まれているということです。ですからここには孤独地獄もなく純愛を求め続ける苦しさもなく、本当の愛などこの世にあるものかと拒否《きょひ》する力《りき》みもなく、心の底から豊かな毎日が送れます。

例え肉親の愛がなくても、友人や知人や先生など、すべての人の愛が注がれなくても、一人で十分生きられます。

誰も自分を愛してくれない、自分にやさしい言葉をかけてくれない。誰も信用してくれない、本当の友達がいないと嘆《なげ》く必要がないのです。十分過ぎるみ仏の愛のまなざしの最中《さなか》を生きているのですから。

自分が人を、どんなに清らかな心で愛せるか、いつでもどこでも人に生きる勇気を沸き立たせるようなやさしい言葉がかけられるか、人をどんなことがあっても信用しきるだけの深い信頼を持っていられるか、自分が良い友人になっているか……というように自分の至らなさが問題となるのであって、人に求めることはまったくなくなります。

愛されることを求めず、愛して生きる。本当に自立した人として生きる、孤独に負けず、孤高《ここう》に生きる。生きるというよりは仏の絶対の慈《いつく》しみの中にいる自分を知っているから自然にそう生きられるのですし、そのように生かされてしまうのです。

もうこうなれば生も良し、死も良しと、人の世を愛し、人を愛し、より多くの人々が幸せになれますようにと行動出来ます。しかもその行動は感謝の念につき上げられた心からのものですから、人が認めるとかお礼の言葉を期待するといった世俗のことから超越しています。勝った、負けたはおかしいのですが、しかしこの自由な在り方はこの世に勝ち、生死《しょうじ》の惑《まど》いにも勝った姿です。言葉を変えればこの世の事々に執《とら》われず生死を超越したあり方です。

こんな話を聞きました。

あるお年寄りを看病していたお嫁さんがそれはそれはかゆいところに手が届くように親切にしていたので、そのお年寄りが亡くなるとき、駆《か》けつけた娘さんに

「嫁に本当によくしてもらって幸せだった」

と満足そうに笑って逝ったそうです。

そこで、

「母が義姉さんに心から感謝して逝ったわ。良くしてもらったって……。でもどうしてそんなにいつもいつも心から看病できたのかしら」

と娘さんが兄嫁に聞きましたら、

「私はそんなにやさしいわけでもなく、看病が嫌になったことも度々あった

けれど、顔を拭いてあげても、ご飯を作っていっても、お母さんが『ありがとう』って必ず言うものだから、そのありがとうの言葉に励まされて自然に看病させられてしまっただけなの。

だから私が偉いのでなく、ありがとうと言い続けたお母さんが偉かったの」

と言ったそうです。

わずか三十代の若さで夫の母の看病など本当に大変だったことでしょうが、門徒だったそのお母さんが、いつもありがとうとの感謝の心を持っていたその心がお嫁さんに良い行ないをさせる力になったというのです。

感謝して生きるというのはこのように自分ばかりでなく周りの人の良いところを引き出し、知らず知らずのうちに周辺をなごやかに、やさしいものにし自分までさらに幸せにしてしまう不思議な力があるのです。

実際心が満ちていれば、

〝雨だわ。嫌だなあ〟

〝何でこんなに寒いのかしら〟

〝あんな人に会いたくないのに〟

などと現状に不満を持っての生活はなくなります。かえって同じ雨でも
「雨の音ってなんてきれいなのかしら」

「草花が喜んでるわ」

「こんなに寒いから木々は春の来るのがわかって芽を出すのだって聞いたけれど、寒さも心が引き締まっていいものね」

とか
「あの人の言葉はいつも厳し過ぎるけど、誰の愛情も注がれない寂しさの反動だから、せめて私くらいあの人の話を聞かせてもらおう、そして言葉が厳し過ぎる時は正直に『それって言い過ぎじゃあない』と言えばいい。それを聞き入れるか入れないかはあの人の自由だし、どう思われても、逢って自然体で話せばいい」

と思えれば嫌だと思う人と会おうとも気が楽ですし、嫌だと思う人が居なくなります。

仏を念じて生きるとは、いただいた命に感謝して生きるということです。病気になったらなったで病の人の気持ちがわかる立場を恵まれた、体に無理をさせてしまって私の体に申し訳ない、病を受け入れ養生すればいいということになり、この世の生きやすいこと、ありがたいこと。

空を見れば月が照り、雲が流れ、暁光に雲の端が光り、夕べともなれば柔らかでやさしい色合いが刻々暗紫色に変わってやがてすべてを見えなくしてしまう。

そのすべてが何という美しさでしょう。風の音も、流れの音も、美しく、人声も町の騒音も何という懐かしさでしょう。

仏教徒は人に苦しみや悲しみを与えることを決してしません。仏の限りない慈光の中でつつましく一人歩んで行くのですから。

こうなればもうこの世は楽土です。毎日毎日が充実して楽しくなります。忌むべき日、悪い日などありません。病気になっていようがどこかが痛んでいようが眠れなかろうが飢えていようが、とにかく生きているそのことが素晴らしいと思えるのですから、生きているだけでありがたいのです。

人の価値は生まれや身分でなくその行いによって決まるのですが、仏の慈光の中にいれば自然に行いを正しく清らかにできるのですからこんなありかたいことはありません。

苦しみがあればその原因をつきとめ明らかにして、正しく対処しますので苦しむ必要がなくなります。要するに行いを正しくすれば苦しみから救われてしまいます。

そして無常が真理との釈尊の教えを抱いていれば移り行くものに執《とら》われることなくただうなずき、合掌して受け取るゆとりがあります。人の死に対してもそうです。

お釈迦さまは入滅のとき、

『人生の旅路は過ぎ去った。

人生は美しい。

人間の命は美しい』

と語って、クシナガラの二本の沙羅双樹《さらそうじゅ》の根本で静かに死を待ったそうです。

こんな心境で死を迎えられたらどんなに素晴らしいでしょう。普通の人の一生は迷いに満ちていても死は迷いのない境地への旅立ちなのかも知れません。

私はよく思うのですが釈尊のような立派な人が野末で亡くなっています。ですから当然、釈尊の教えに呼びかけられ教えに会え幸せに生きさせて頂いている私が大病院であつい看護のもとに死ぬ必要もなければ権利もありません。

ということは老後とか後の生活のことをあれこれと取り越し苦労する必要がないし、心配などしては申し訳ないと思ってしまいます。

どこでどう死のうが、死は死で受け取ればいいだけのことなので何の心配もいらない……と心から思えるのです。

釈尊は亡くなる時にこうも言われたそうです。

『物事は過ぎ去り行く。自分自身を頼りとし怠ることなく修業を続けなさい。安らかに生きるために』

と。

死の間際まで、自分の死でなく残された人々のことに思いを馳せる釈尊にただひれ伏すばかりです。

同行二人

親鸞聖人が亡くなる時に、

「一人居て喜ばは二人と思うべし、二人居て喜ばは三人と思うべし。その一人は親鸞なり」

といい残したとされるご遺言のお言葉は親鸞聖人が共に居て下さると思う人々の実感から生まれた伝説とのことです。

本当に伝説通りなのかどうか私にはわかりませんが、不思議なことに日々、親鸞聖人のまなざしが注がれていると思えるのです。私のすべてを聖人は知っていて下さると思えますし、どうしていいかわからない時には聖人に相談するような気持ちになると心が静まって、自然にいい考えが浮かんでくるのです。親鸞聖人は亡くなり際に仏を念ずる人と共にいると言われたのですが、仏を念ずるというより親鸞聖人を仰ぐ心でいますと聖人が見守っていてくださると思えるのです。

それはちょうどお遍路さんが一人で歩きながら同行二人、大師さんと一緒ということと全く同じです。

そしてまたそれは母亡き人が母を偲び心の中で亡き母に語りかけ相談し、自ら心を静めて結論を出す、というのに似ています。

私は仏教を知ってたとえどのような立場に置かれても現実のありように関わりなく不動の幸せに包まれたと思っています。

健康でなければ……、幸せと思えるのでなければ……といったわがままな思いが消え、ありのままを受け取り、善処して生きられるようになったのです。生かされている身だから人に求めず誠意を尽くす。といった生き方ができるようになったのです。

み仏の慈悲の光に生かされて

誰でも幸せになりたい、健康でありたい、人に愛されたい、やさしい言葉をかけてもらいたい、お金も名誉も美しさも欲しい、家族が無事であってほしいなどとたくさんの願い事を持っています。当然ですが欲しい欲しいの固まりです。

何を願おうとも何でもかなえられるものなら人に苦しみも切なさもありません。

が、しかしすべてがかなうはずもなく、多くの人々は、いつ何かあるかわからない日々を生きながら欲望に振り回されているのが現状です。

かってこの世の真理に気付かれた釈尊は、その真理に基づいて、どう生きたらより安らかに生きられるかを教えて下さいました。

まず釈尊は、

『すべてのものは移り変わる。形あるものは必ず滅び、生々流転を繰り返している。

形あるもの（色）がなくなる（空）のは、無になるのではなく、形が消滅し再び形として現れる準備に入ったのである』

と気付かれたのです。

確かに人のみならず、地球のような天体にさえ寿命があることはすでに見てきたとおりです。

今は科学者ならずともすべての星は輪廻することを知っているのですが、紀元前五百年も昔に宇宙の究極の真理に気付いて、欲を少なくし、心を清め、行いを正しくせよ。それが安らかに生きる術であると教えて下さった釈尊は、やはり、仏と仰がずにいられない立派な人です。

釈尊は、無常の真理に気付きさえすれば、人は欲望に振り回されずに安んじて生きて行ける。と教えて下さいました。そして、『悪いことをするな。正しく生きよ』とも教えて下さいました。

釈尊の教えを通して親鸞聖人の御教えに導かれてからの私の人生観は百八十度転回し、私ほど不幸なものはないと思っていたのに、

――私ほど幸せなものはない。私が苦しみ悲しんだのは、ひとえに親鸞聖人の御教えに逢わせていただくために必要なものだった――

と思うことができ、苦しかった生活に感謝しないではいられないほどの絶対の救いの中にいる自分を発見したのです。

何の条件もつけないでとことん救い取るとの親鸞聖人の、

『無条件の絶対の救済』

の御教えの傘下に居る自分に気付いた時、私は、

――ああ、これで私のようなものでも生きられる。生きていてよかった――

と、心の底から思いました。

病気になろうが苦境に立たされようが、何がどうであろうが、あるがままで本当に幸せになれました。その最初は、前述しましたが

『煩悩《ぼんのう》に眼遮《さえぎ》られて見ずといえども大悲《だいひ》もの憂きことなくて常にわが身を照らしたもう』

との偈《げ》に触れ、限りなく歓喜したことでした。

――気付きさえすれば、誰もがみ仏の慈悲の光の中に抱かれ、生かされている――

と知ることができたのです。

驚いたことに、大悲の光に抱かれていると知ったことでカサカサだった自分の心のうちにも温かな思い、やさしい思いが息づいていると気付くことができ、生きて行けるとの自信が湧き勇気を持って現実の世と積極的に関わって生き生きと生きていけるようになったのです。

たしかな愛が自分に常に注がれていると知ることで、幼な児が母に抱かれて

眠るように何があろうとも常に心は安らぎ、思惑や都合や世評に動かされることなく、何事であれ正しいと思える対処ができるようになったのです。

先の偈を分かりやすく言えば、月がどんなに美しく照っていても見上げない人には月が見えない。しかしあなたが見上げさえすれば月の光りはあなたに届いています、ということで、月の光とは大宇宙の摂理であり、その摂理の中に存在する限りない慈悲のことでもあります。

もっと言葉を換えれば、空を覆う雲が私たちの煩悩と同じで、雲が一面に重くかかってしまうと太陽の光は見えないけれど、飛行機に乗って雲を突き抜けると日の光がさんさんと降り注いでいる、そのように太陽の光がないのではなく、いつもその光は降り注いでいるのに、こちらが勝手に煩悩という雲を張りめぐらして見ようとしないだけのことだと言うのです。

そして早く光に気付き光に抱かれて楽になり、豊かな人生を送ってください、とみ仏は誰にでも願いをかけて下さっているのです。

『あなたの命はあなたが思っているよりずっとかけがえのない大切なものです。粗末にしてはもったいない。たとえあなたがどんなに寂しくても人に求めず、人に尽くして生きて行くことです』

『たとえこの世で誰からもやさしい言葉をかけてもらえなくても、親鸞が常にあなたと共にいます。

ですからあなたは人に求めることをやめ、柔らかな優しい心で誰とでも接して行くことです。そしてすべての命を大切にし、正しく生きて行くことです。そうすれば安らかな日々に恵まれます』

との親鸞聖人の声に耳を澄ますのです。

私は頑張れなくなったり、間違ったり気弱になったりした時、親鸞聖人の念仏する人と共に居ますとの言葉を思い出します。念仏とは「南無阿弥陀仏」で「南無」とは敬意を表わし礼をすること、「阿弥陀」とは大宇宙のことです。ですから念仏とは大宇宙の摂理・理法にひれ伏すことです。すると不思議なことに、また正しく生きようとの心の張りを感じることができるのです。

このように、私は親鸞聖人の御教えのもとで、限りなく幸せな勿体《もったい》無いくらいな毎日を送っています。

この思いが錯覚であれ何であれ、とにかく私は幸せになれたのです。私のようなものでも、本当に幸せになれたということを一人でも多くの人にお伝えしたいと私は願います。

人生を輝くものとする

私が小学校五年生の時、日本は戦争に負け、ちょうど阪神淡路大震災や東日本大震災他の被災者の方々のご苦労をほとんどの人が味わっていたというに近い状態でした。

幼いとはいえ戦争故に無惨に死んで行くしかなかったたくさんの人々の死を、戦争が間違っていたのだから無駄死にだったと聞かされても私には納得できないものがありました。

一人一人の命がそんなに軽く扱われていいのでしょうか。もしいいというのなら私の命も、何の価値もないということ……と。

世も乱れ、私の家庭も乱れていましたから右を見ても左を見ても納得できないでいた私は、この世に信じるに足るものがあるかないか真剣に訪ねる心の旅人になっていました。

その旅の果てに『仏教こそすべて』と確かに思えたのです。

私が仏教に触れたのは、十代の終わりでした。仏教を知ってやっと生きて行く確信の持てた私が、なぜ長い間仏教を語らなかったかといいますと、私のようなものが仏教こそなどと話したりしますと、

「え、中津さんが仏教こそすべてって言っているの。じゃあ仏教って大したことないね」

などと思われてしまうのではないかと恐れたためです。結局仏教を大切に思う余り、仏教のぶの字も口にしなかったのです。

しかし五十三歳にして死線をさまよう大病をし、ありがたいことにその病から回復させて頂けた時、

〝もし、あの時、私が死んでしまっていたら私がどんなに仏教を大事にしていたかを誰にも伝えずに死んでしまうところだった。

仏教に触れてたしかに幸せになれ、生きることが楽になったのだから、世の中には仏教を知ることで私のように幸せになれる人がいるに違いない。仏教という宝を一人占めにしていては勿体無い〟

と思ったのです。

同時に、どこの誰と名を残さずに仏教（悟りを開いた覚者である釈迦族のゴータマ・シッダッタの教え）をそっと伝えて逝った歴史上の多くの人々の尊い魂の存在を思いました。そして私もそのようにただゴータマ・シッダッタの教え、すなわち仏教の灯火を消さずに次の世代の人にそっと渡して行く一人になれたらどんなにありがたいかと思いました。

実際、人類の続くかぎり仏教が伝えられさえすれば、たくさんの人が幸せになれるのですから。

ところで最近知ったことですが、密教では大我《だいが》の立場に立つと物がはっきり見えてきて普通には出来ないことが出来るようになる、だから小我《しょうが》を捨てて大我を生きるのが人間の生き方であって大我に生きるとは大日如来《だいにちにょらい》と一体化することと、すなわち宇宙の生命と自分が一体化することであり、大日如来が自分に入ってくることであるとの教えらしいと知りました。

この弘法大師の教えって親鸞聖人の教えとまったく同じではありませんか。仏を念じる、念仏するという誰でも簡単に出来ることで弥陀《みだ》と一体となり弥陀が自分の中に入ってくる、すなわち絶対の真理であり宇宙の究極の生命そのものである弥陀と自分が一体化し、ものがはっきり見えてきて、自分の視点からでなく大自然の、すなわちみ仏の視点からものを見ることで自ずと正しい行ないができ、ありのままの現実を素直に合掌して受けとることが出来るというのですから、まさに親鸞聖人と弘法大師の教えとは素人の私には瓜二つに思われます。

その上私は前々から道元禅師の教えは親鸞聖人の教えと重なると思っていましたし、日蓮上人の土牢で書かれた書簡など涙なしには拝読できませんでした。

禅とか念仏とか法華《ほっけ》とかいいますが、大本のところで仏教は一つなのだとつくづく思うのです。人にはいろいろな性格や感性がありますのでその人に合った宗派の教えを聞けばいいのであって世界仏教徒会議に参加するように各宗派同士が手を組めたらどんなに素晴らしいでしょう。

かって中国で、少林寺拳法が余りにも細部の流派に別れて力を失った時、すべての流派を統合することによって現今の少林寺拳法の隆盛を呼んだと聞いています。

ですから私は仏教の諸宗派が対立し、交流のあまりない現状を悲しみ宗派はそのままで、どの宗派でも色即是空、空即是色の八文字の入っている般若心経を基礎とした三帰依文《さんきえもん》（仏法僧に帰依するとの文）を大切にするなどその本質は同じなのですから、根本のところで仏教としてしっかり手を組み、今の人類や地球の危機に暖かく確かな手を差しのべてほしいと願います。

ところで、この本に私が書いた内容は、生とは何か、死とは何かとの基本的

な問いに対し、涅槃経《ねはんぎょう》にある、

諸行《しょぎょう》無　常《むじょう》
是生滅法《ぜしょうめっぽう》
生　滅滅已《しょうめつめつい》
寂　滅為楽《じゃくめついらく》

の教えを、

――人も天空に浮かぶ無数の星も長さの違いこそあれ生まれた以上必ず死ぬ、無常の命を与えられ、生きているというよりは生かされている――

と知ったその上で、本当に生まれてきてよかったと思えるように過ごす以上の生き方はないと教えられ、

――では実際にこの短い一生をどのように生きていったらいいのでしょう――

との問いに答えるものとしての仏道戒の偈、

諸悪莫作《しょあくまくさ》

衆《しゅう》善《ぜん》奉《ぶ》行《ぎょう》
自《じ》浄《じょう》其《ご》意《い》
是《ぜ》諸《しょ》仏《ぶつ》教《きょう》

悪いことをするな、良いことをせよ、自らの心を浄めよ、それが仏の教えだ。と説かれていることを幹として書いたものです。

縁あってこの本を手にして下さったあなたが明るく、豊かな人生を創造して下さいますように。人を大好きになり、周りの人々にも好かれて、たとえ何があろうとも楽しい毎日が送れますように。出来たらだまされたと思って一度でもまじめに仏教に耳を傾けて下さいますように。あなたの人生を輝くものとするために、そして世の中を真に平安なものとするために、と心から願って筆を擱きます。

解説　「本当のやさしさ」を若者たちに伝える人

――中津攸子『仏教精神に学ぶ　み仏の慈悲の光に生かされて』に寄せて

鈴木比佐雄

1

市川に暮らす作家の中津攸子氏は、令和になって『令和時代に万葉集から学ぶ古代史』や『万葉の語る　天平の動乱と仲麻呂の恋』などを刊行し、古代史や万葉集などの古典の深い知識を駆使して、令和時代の若者たちに歴史の真実やそこで生きた人びとの姿を想像的に伝えてくれている力作を刊行している。今回の『仏教精神に学ぶ　み仏の慈悲の光に生かされて』については、中津氏の中に秘められていた仏教精神との出逢い、その仏教精神に救われ、生かされてきた切実な経験が率直に綴られている。仏典の知識も大切だが、仏教の知慧を生きるために必要な力に変えてきた中津氏の足跡を辿ることが出来る。

本書は「はじめに――発想の転換」と四章から成り立っている。この「はじめに」において中津氏は一九四五年三月十日の東京大空襲で十万人が死亡した現場を目撃した生々しい経験から語り始めている。戦後は疎開先の山梨県から進学のためにと母から何も聞かされずに、父のいる東京に向かったところ、そこには父が愛人と暮らし十歳下の妹がいた。父たちは食卓で食事をするが、中津氏だけは別のお盆で時には饐えたご飯も食べさせられた惨めな経験をした。そんな大人たちの醜さや理不尽な振る舞いに翻弄されて、偽りの生活をするよりも、東北地方に行きそこで死んでしまいたいと家出を試みる。最後に信頼できる友人に別れを告げに行った際に、その子の母親が何か異常なものを感じて「あなたは弱すぎる。負けては駄目、逃げては駄目」と言い、自分を本当に心配してくれる大人の言葉が心に染みた。そして「世の中に、真理とか真実とか聖人とか偉人などの言葉がある。言葉がある以上、真実などと言えるものがあり、聖人とか偉人と呼ばれるにふさわしい人が居るのかもしれない。尋ねてみよう。とことん尋ねて真理や真実は空言であり、偉人や聖人などいないと本当にわかったら、この世をあざ笑って死のう。それまで死ぬのはお預け」と、生きてこの世にあるかも知れない「真理・真実」を探求することを命がけで志していく。そして仏教、哲学などの様々な書物を読み、次のような箇所を発見して「発想の転換」が起こったと言う。

《――煩悩《ぼんのう》に眼さえぎられ見ずといえども、大悲《だいひ》ものうきことなく常に我を照らしたもう――／の二行に触れ、涙がとめどなく流れたのです。その時不思議な体験ですが、溢れる光の只中に座っている私に気付いたのです。二行の偈は深い哲理に根差し、絶対無条件の絶対救済を説く無限に優しい親鸞聖人の、／――気付きさえすればあなたは既に救われているのです――／と呼びかける正信偈《しょうしんげ》の一節で、私はこの偈を読んだ瞬間、身も心も救われたのです。／／月かげの至らぬ里はなけれども／眺むる人の心にぞすむ／／の法然上人の歌の通りで、月の光はどこにでも、どんな人にでも常に平等に降り注いでいる。気付きさえすれば……。／と同じでした。この時、人は生きているのでなく生かされていると実感したというに近く、この二行の偈に触れたことでコペルニクス的な発想の転換が起こり、私は生きることがとても楽になったのです。》

この衆生を苦しみから救ってくれる仏や菩薩の大きな慈悲の心である「大《だい》悲《ひ》」という親鸞の言葉と、法然の歌の中にある「月かげ」（月の光）という言葉は、中津氏の心の奥深くに染み通っていった。本書は絶望を抱き死を決意した少女が、「慈悲の心である大悲」を自らの心に発見し、それがいつでも「月の光」のように降り注いでいることに気付かされ、再び生きることの意味を発見する書物と言えるだろう。不条理に傷つき思い悩んでいる若者たちにこの「はじめに――発想の転換」を読ませたら、多くの共感を得られるに違いない。そしてそのあまねく「慈悲の心」を全編のエッセイの中にも感じられるきっかけになるに違いない。

2

本書は一章「すべてのものは移り変わる――諸行無常《しょぎょうむじょう》」、二章「自然と人生――自然法爾《じねんほうに》」、三章「幸せに生きる――常楽我浄《じょうらくがじょう》」、四章「自らの思いを浄める――自浄其意《じじょうごい》」から成っている。その文体は若者たちに自分の経験を語りかけ伝えるような会話体で記されている。

一章の冒頭「すべてのものは移り変わる」では、《体が硬くなり動きを止めた時、すなわち移り変わらなくなった時が死です。しかしその亡骸さえいつかは朽ち果てます。／形あるものはすべて移り変わります。この事実を「無常《むじょう》」といいます。常がない、必ず変わる、です。》というように、中津氏はこの世界が刻々と移り変わって行くという在りようの真実を突き付ける。その「無常」をまず受け入れることによって、自らの存在が有限であることに気付くことの重要性を語っている。

二章の冒頭「星の大きさ」では、《すべての生物に仏性ありというのは生命の根源である遺伝子が共通という面からもいえるかも知れません。言葉を変えれば仏とは宇宙の働き、宇宙のありようそのものなのですからすべての生物に仏が宿っているといえるのです。》というように、中津氏は生命の遺伝子の共通性や宇宙の在りようもまた、仏が宿っていると認識し、その自然の摂理を生きようとすることが「安らかな生き方」だと語っている。

三章の二番目の「本当のやさしさ」では、《「寝たきりの君がどうしてそんなに明るくしていられるの」／と思い切って聞いたのだそうです。（略）その時、筋ジストロフィーの子はこう言ったそうです。／「僕はもう自分で体を動かすことも物を食べることもできない。そんな僕のできることは、明るくして僕のことを悲しんでいるお父さんやお母さんを少しでも悲しめないことだけです」／と。／死を前にした十代の少年とも思えない、やさしさに裏付けられた強さが感じられます。／そうなのです。本当のやさしさこそ強さなのです。》という例を挙げて、「本当のやさしさ」とは何かを深く問いかけてくる。

四章の最後から二番目の「み仏の慈悲の光に生かされて」では、《私は頑張れなくなったり、間違ったり気弱になったりした時、親鸞聖人の念仏する人と共に居ますとの言葉を思い出します。念仏とは「南無阿弥陀仏」で「南無」とは敬意を表わし礼をすること、「阿弥陀」とは大宇宙のことです。ですから念仏とは大宇宙の摂理・理法にひれ伏すことです。すると不思議なことに、また正しく生きようとの心の張りを感じることができるのです。》と、中津氏が等身大の自分として日々このようにして生きていることを淡々と語る。私はこのような中津氏のしなやかな強靱さを、「本当のやさしさ」を多くの若者たちに読んで生きる糧にして欲しいと願っている。

著者略歴

中津攸子（なかつ　ゆうこ）

東京都台東区浅草に生まれる。東京学芸大学卒。

千葉商科大学評議員・市川学園評議員。

日本ペンクラブ・日本文藝家協会・俳人協会・大衆文学研究会・国際女性教育振興会・全国歴史研究会各会員。

［受賞］
市川市民文化奨励賞・中村星湖文学賞・北上市文化振興感謝状・市川市政功労賞・市川市文化スポーツ功労感謝状

［著書］
『万葉の語る　天平の動乱と仲麻呂の恋』『令和時代に万葉集から学ぶ古代史』『戦跡巡礼』（以上コールサック社）・『万葉の悲歌』『かぐや姫と古代史の謎』『小説松尾芭蕉』『真間の手児奈』『みちのく燦々』（以上新人物往来社）・『風の道』（角川書店）・『和泉式部秘話』（講談社出版サービスセンター）・『下総歴史人物伝』『こんにちは中国』（以上崙書房）・『観音札所のあるまち・行徳・浦安』（中山書房）・『戦国武田の女たち』（山梨ふるさと文庫）・『東北は国のまほろば　日高見国の面影』（時事通信出版局）他多数

石炭袋

仏教精神に学ぶ　み仏の慈悲の光に生かされて

2021年5月25日初版発行
著　者　　　　中津攸子
編集・発行者　鈴木比佐雄
発行所　株式会社 コールサック社
〒173-0004　東京都板橋区板橋2-63-4-209
電話 03-5944-3258　FAX 03-5944-3238
suzuki@coal-sack.com　http://www.coal-sack.com
郵便振替　00180-4-741802
印刷管理　（株）コールサック社　制作部

装画　鈴木靖将　　装幀　松本菜央

落丁本・乱丁本はお取り替えいたします。
ISBN978-4-86435-475-2　C1095　￥1500E